Sandra Cisneros

MARTITA, I REMEMBER YOU

Sandra Cisneros was born in Chicago in 1954. Internationally acclaimed for her poetry and fiction, which has been translated into more than twenty-five languages, she is the recipient of numerous awards, including the National Medal of the Arts, the PEN/ Nabokov Award, and a fellowship from the MacArthur Foundation. Cisneros is the author of *The House on Mango Street*, *Caramelo*, *Woman Hollering Creek*, *My Wicked Wicked Ways*, *Loose Woman*, *Hairs/Pelitos*, *Vintage Cisneros*, *Have You Seen Marie?*, *A House of My Own*, and *Puro Amor*, a bilingual story that she also illustrated. Cisneros is a dual citizen of the United States and Mexico and makes her living by her pen.

www.sandracisneros.com

ALSO BY SANDRA CISNEROS

Have You Seen Marie?

Caramelo

Woman Hollering Creek

The House on Mango Street

Loose Woman (poetry)

My Wicked Wicked Ways (poetry)

Hairs/Pelitos (for young readers)

Vintage Cisneros

A House of My Own

Puro Amor

MARTITA, I REMEMBER YOU

MARTITA,
I REMEMBER YOU

Sandra Cisneros

Vintage Contemporaries

VINTAGE BOOKS

A DIVISION OF PENGUIN RANDOM HOUSE LLC

NEW YORK

A VINTAGE CONTEMPORARIES ORIGINAL, SEPTEMBER 2021

Library of Congress Cataloging-in-Publication Data
Names: Cisneros, Sandra, author. Valenzuela, Liliana, translator.
Title: Martita, I remember you = Martita, te recuerdo /
Sandra Cisneros ; traducido por Liliana Valenzuela.
Description: New York : Vintage Books, 2021.
Identifiers: LCCN 2021005550 (print) | LCCN 2021005551 (ebook)
Classification: LCC PS3553.I78 M3718 2021 (print) |
LCC PS3553.I78 (ebook) | DDC 813/.54—dc23
LC record available at https://lccn.loc.gov/2021005550

Vintage Contemporaries Trade Paperback ISBN: 978-0-593-31366-4
eBook ISBN: 978-0-593-31367-1

Author photograph © Keith Dannemiller
Book design by Nicholas Alguire

www.vintagebooks.com

Printed in the United States of America
10 9 8 7 6 5 4 3 2 1

To Susan Bergholz
and
for Dennis Mathis
and Robin Desser

MARTITA, I REMEMBER YOU

Most Saturdays you can find me in the dining room with my scraper and blowtorch, once the kitchen is clean and the girls are at the library. *In 88 BC, Mithridates, king of Pontus on the Euxine, was at war with Rome . . .* Xenophon. Things bubble up from I don't know where inside me, like the sticky layers of varnish I'm attacking with the propane torch.

The varnish peels off in stubborn ribbons, a practice in patience. I've got no right to complain. It was my idea to strip the wood instead of paint. Every Chicago apartment I've ever lived in has a dining-room hutch like ours built into one wall wearing a hundred and six years of varnish like layers of honey-drenched phyllo.

In 88 BC, Mithridates, king of Pontus . . . and then I have to put my scraper down, shut the torch valve, and poke around the winter closet, past HOUSE CONTRACT and BIRTH CERTIFICATES and PROPERTY TAX files, searching for you in letters spilling photos; a scalloped paper napkin; postmarks from France, Argentina, Spain; tissue envelopes with striped airmail borders, the handwriting tight and curly like your hair.

And it's as if we're talking to each other, still, after all this time, Martita.

Querida Puffina:

I don't know if I was the one who didn't answer your letter or if you were the one who didn't answer mine. It no longer matters.

I was rearranging my dresser, and in a drawer I found your letters. (I hope the address is still the same.) Then everything came back, that New Year's Eve in Paris, more than that, a feeling, a sentiment—I don't have a good memory, but I do remember emotions.

How many days did we know each other? I don't even know. But I know I grew to love you very much, Puffina. That's what I felt, all at once, when I found your letters.

I wanted you to know it. That's all. I have a photo of us— you and me and Paola—taken in the metro in one of those automated booths. Remember? I'm happy to have it.

To try to tell you what's happened to me since then is difficult—

I was at the point of marrying, but it couldn't be. It's just been a little while since I broke it off, and I'm a little sad. It will pass.

In May I'm going back to Europe to avoid our Argentine winter. I'll be in Madrid. Here's the address in case you're still traveling:

Marta Quiroga Pascoe
A/A Irene Delgado Godoy
Villanueva y Gascón no. 2–3ª
28030 Madrid
España

I don't know how long I'll stay there. Maybe I'll return soon to Buenos Aires. Maybe not. I have to restructure my life a bit. I've made a bit of a mess of it. God willing, I'll hear some bit of news from you. Don't forget me.

I hug you,
Marta

Ay, Martita, it's been how many years since you wrote that? Ten? Fifteen? I haven't forgotten you. Not once. Those letters between us, pebbles tossed into water. The rings growing wide and wider.

Rereading your letter this morning, it seems strange to hear myself called Puffina again. After so much time. I don't know where I left Puffina. Paris? Nice? Sarajevo? So much has happened since then.

I still have my copy of that photo, the one you mention, from the Les Halles métro. All of us squeezed into the booth, sticking our tongues out, crossing our eyes, Paola pugging her nose like a pig. Three poses for ten francs. One for you, one for me, one for Paola. Paola treated us, remember?

We'd been Christmas shopping at the Galeries Lafayette. All afternoon looking and looking at pretty things.

. . .

Just as we were leaving, the store detectives leapt out before the revolving doors. The three of us hustled to the stairwell, shoppers staring with their mouths open like fish.

In the basement, a crowded wood-paneled office with a two-way mirror. Slumped in a chair crying and crying, someone's granny with hennaed hair. What had she taken? A chandelier? Where did she hide it, I wondered.

I remember being cocky mad because I didn't know about Paola yet. Everything from my pockets on the desk, as ordered. My métro *carte Sésame* tickets. Wrinkled Kleenex. The fluorescent-pink notepad I bought at Monoprix. Two purple felt-tip pens. The key to the boys' apartment in Neuilly-sur-Seine. My wallet with all my French money, paper and coin. The American passport—I made sure they saw that.

You didn't even blink when Paola pulled three pairs of gloves from her pocket like a string of paper dolls. Three cheap woolen pairs with the price tags on them—a beige pair, an olive, a red.

They let us go with a warning and ugly words thudding at our backs.

When we're walking to the métro, Paola says, —Oh, I am so shameful, Puffina. Not for me, but for you and Marta. Swear, Puffi, you will never tell anyone about this. Promise me, I beg of you.

—I promise, I say.

. . .

Then, as if to make it all better, Paola treated us to the portraits.

That's the only photo I have of us, Marta, can you believe it? The one we took after they threw us out of the Galeries Lafayette. When I got home to Chicago and had my photos developed, all my Paris rolls were blank. Not a single frame. Not the morning we went to visit you in Saint-Cloud, not the Café Deux Magots, not the New Year's Eve party, not the goodbye at the Gare de Lyon.

We were waiting for something to happen. Isn't that what all women do until they learn not to? We were waiting for life to sweep us up in its arms—a Strauss waltz, a room at Versailles flooded with chandeliers. Paola waiting for that job, not just any job, not as an au pair or a salesgirl, but one that would keep her from having to return to her uncle's house outside Milano.

Me, I was waiting for a letter from an arts foundation in the Côte d'Azur, for my life to begin. All my earnings from my summer job at the gas company disappearing. My room in a pension near the Place de la République, a former broom closet behind the reception desk, just wide enough for a bed like a train berth. Down the hall, a tiny shared shower with a water heater that gobbled up francs, the money I'd saved for my classes going down the drain.

A tingle in my chest when I gave it any thought.

But I couldn't go home, I couldn't. Not until I could call myself a writer.

. . .

And you, Martita. What did you want? Just to be able to say, when
you returned to Buenos Aires, —*Paris? Oui, oui. Je suis la mademoiselle Quiroga s'il vous plaît, s'il vous plaît, bonjour, madame, merci.*

All good Argentines know Paris is the center of the universe. *Je suis
la mademoiselle Quiroga. Bonjour, madame. S'il vous plaît.*

J'ai vingt ans. I'm twenty years old. *J'ai faim.* I'm hungry. *J'ai froid.
Froid, froid.* I'm cold. Cold, cold. *J'ai peur.* I'm frightened. *Avez-
vous faim? Vous avez faim?* Are you hungry? *Vous avez peur?* Are you
frightened? *J'ai mal au coeur.* I'm sick from the heart. *J'ai très peur.*
I'm very frightened.

Bravo, Martita. We're so proud of your French. You talking to your
mama from the broken pay phone that lets us all call home for free.
Every Latin American in Paris lined up and waiting to say, —*Próspero
Año Nuevo. Bonne nuit.* I miss you. Please don't cry. *Merci beaucoup.
Te quiero mucho. Bonsoir.* It's cold, cold.

We wait our turn and watch you show off your bird-whistle French
to your mama in Buenos Aires. —*Bonjour, madame Quiroga*—. That
pretty profile of yours, half of an algebraic parenthesis. —*Bonjour,
madame*—. Martita chirping like a native.

Paola has a little snippet of a nose, too, like yours, but she had to pay
for hers.

—What do you think Paola looked like before?

—I don't know. I didn't know Paola with her old nose.

Paola, Martita, and me walking down the Champs-Élysées arm-in-arm, the way women walk together in Latin America to tell men we are good girls, stay away, leave us the hell alone.

—Corina, sing the Puffi song—Paola commands—. *Per favore.*

—But you know it better than I do—I say—. I don't even know what I'm singing.

—Please, Corina, sing—Marta says.

And I sing the song Paola taught me, as if I am her trained parrot, without understanding the words and with the ones I do know all crooked and in the wrong place. It makes Paola laugh to hear me sing that cartoon jingle. And now, because I sing it on command, she insists on calling me Puffina instead of Corina. She says I'm tiny, like the Puffi characters, the height of two apples.

> *Chi siano non lo so*
> *Gli strani puffi blu*
> *Son alti su per giù*
> *Due mele o poco più*

Martita and Paola, suntanned and pretty. A tabby kitten and a golden Palomino. I meet them at *la peña*, the Latin American party at 1 rue Montmartre, ground floor, rear. A damp room, taller than it is wide, stinking of smoke, mold, red wine, sewage, and patchouli.

Silvio Rodríguez from a tape deck. Lights covered with gels, and our faces glowing red like a poster by Toulouse-Lautrec. People seated on every space, including the floor. You have to be careful not to step on anyone.

—This is Marta and this is Paola.

Who introduces us? The Peruvian musicians? The boys from Neuilly?

—This is Marta and this is Paola.

At first I call Marta Paola, and Paola Marta.

—Paola?

—No, I'm Marta, she's Paola.

The schoolgirl in the plaid coat with a hood is you, Marta. From Buenos Aires. A scribble of auburn curls hiding a face flecked with freckles. Eyes transparent as pearl onions. A laugh you cover with your hands, as though your teeth were crooked when you were little.

The bossy filly in tweed and a fedora, our Paola, ready to break into a run. Bottle blond with a mane she keeps flicking over her shoulder so people will think she's classy. A northern Italian with the river Po in her eyes, woolen greens and muddy browns speckled with amber.

And me? I cut my hair as short as a boy's as soon as I arrived in Paris. I wear a rooster-feather earring and a long scarf wrapped twice around my neck like the locals, but it's no use. I still look like what I am. A bird who forgot how to fly.

Martita, you talk to me in that Spanish of the Argentines, the sound tires make on streets after it's rained. Paola speaks Spanish and English and Italian all at the same time, jumbled words flying like sparks, the syllables jerked without warning.

—Did you just come from the coast?—I ask, because you're both so glamorously tanned.

—We were in Geneva for the skiing—Paola says before you can answer, and you look at each other and laugh.

It isn't until after *la peña* when we're waiting for the métro that Marta tells me, —That story we told you earlier about skiing, that isn't true. We work at a tanning salon. We just tell the skiing story so people will think we're rich.

There's a hole in my heart, as if someone had taken a cigarette and pushed it right through, clear to the other side. What began as a pinprick is now big enough to push a finger through. When it's damp out, it pinches the same as these shoes I paid too much for in the Latin Quarter.

It's there when I take a cold breath in, let a warm breath out.

I wander past Notre-Dame almost daily, but don't go in. I don't like churches when they're filled with people. That's the way it is for me.

Some things I prefer to enjoy in private. Dancing. Or listening to music. Admiring a painting or a cloud.

When the October rains come, the wind from the North Sea gives me an earache like an ice pick. That's when I give up the walks along the river and burrow underground. I trade the Seine park benches for the métro.

At the Concorde station, eight Peruvians with goat-skin drums and smokey flutes. *Corazón, no llores.* Heart, don't cry, reedy and sad. I give them all the change I have, the tinkly centimes as well as the thick brown ten-franc coins that rip the seams in your pocket, because it's so good to hear Spanish, safe and tender and sweet. *Corazón, no llores . . . no llores, mi corazón.*

The Peruvians ask where I'm from, offer me cigarettes, recommend the university cafeteria as a cheap place to eat. That's when I'm invited to the Latino party at 1 rue Montmartre.

—There are lots of us here in Paris. Come to *la peña* tonight. You'll see.

Soon I know all the underground artists. Javier the magician from Montevideo. Raulito and Arely, tango dancers from Lima. The Yamamoto brothers who ride from Porte de Vincennes to Les Halles and strictly play Beatles songs. Meryl the Black percussionist from

Frisco. Al from Liverpool who can't sing but sings anyway. The Argentine puppeteers Carlitos and José Antonio.

—Been here going on two years—Carlitos says—. It's decent. You can do it, you can do it.

Carlitos looks exactly like his marionette, does he realize the resemblance? Like a scruffy black bear that's escaped from the circus. All he's missing is the muzzle. José Antonio is carved from pure alabaster. A pale flame of a man, bearded like an El Greco Jesus.

—The skits are all timed to take as long as the ride from one stop to the next, see? Get off at one of the transfer points. Opéra. Les Halles. Odéon. Take the train going the opposite direction. Back and forth all day. It's decent, it's decent.

I ride along with them and watch. Carlitos boards the car through one door and José Antonio the other. Carlitos and his bear marionette lumber down the aisle, the bear poking inside shopping bags, peeking under skirts, scratching his behind by rubbing against a pole.

People start laughing and looking at one another. Métro citizens don't usually look at one another and *never* smile, at least not at me.

At the other end of the aisle, José Antonio shadows a musketeer puppet with a butterfly net. The children clap as if we're in the park and not in a subway car. Even the adults chuckle. When the musketeer finally captures the bear, the whole car breaks into applause.

• • •

Because he can speak flowery French, José Antonio passes his fuzzy woolen cap around the car. —Thank you from my heart . . . Beautiful madame . . . Kind sir . . .

—It's decent. I can teach you—Carlitos promises, grabbing my hand and holding it for too long before I tug it away.

If a letter from the artist foundation on the Côte d'Azur arrives before my money runs out, maybe I can stay in Europe till the end of January. I can live where real artists once lived. Isadora Duncan. Matisse. Fitzgerald. Hemingway.

If I can make my money last a bit longer, I won't have to go home yet. Just a little more time, just a little.

But when I call Chicago from the broken pay phone that lets you call home for free, my father shouts, — *Ya ni la amuelas,* Corina. *Regresa a tu casa ahorita mismo.* Come home now!

—I can't hear you, Papá. The line is crackling. Sorry, I can't hear! *Adiós, adiós.*

I don't tell my father I don't like Paris. It's winter and cold. And the Parisiennes don't like me. I'm as dark as a Tunisian. With this Arabic nose, they take me for North African, or Southern Italian, or *la Grecque, la Turque.* And I haven't met any writers, only artists who work in the métro as puppeteers, or musicians, or singers even when they can't sing really.

.   .   .

It's taken all my courage to get this far. I can't go home yet. Because home is bus stops and drugstore windows, elastic bandages and hairpins, plastic ballpoints, felt bunion pads, tweezers, rat poison, cold sore ointment, mothballs, drain cleaners, deodorant. I've quit three jobs to get here. I can't return. Not yet, Papá, not yet.

I'm waiting for something to happen. My father doesn't remember that when he was my age, he went vagabonding north from Mexico and wound up in a city filled with dirty snow.

Just a little more time. Just a little. My heart wheezing like a harmonica.

The boys forge the expiration date when my train pass expires.

—Don't worry, *mi reina*. We'll doctor it up for you. We do it all the time.

With some white ink and José Antonio's touch, it looks pretty good so long as you don't hold it up to the light.

—Remember—José Antonio says—, keep talking to the conductor when he looks at it.

—What'll I say?

—Just ask questions—Carlitos says—. Flirt, kiss him. Just try not to look worried or you'll give it all away.

. . .

I can't remember how I meet Carlitos and José Antonio. Both at the same time, or first Carlitos? Maybe through the Peruvians, or maybe at 1 rue Montmartre, or most probably Carlitos comes up to me on the métro platform. Maybe Carlitos sees my face of Morocco and, because I say I don't speak French, he begins to ask questions and discovers I speak Spanish as well as English. And he's from Buenos Aires, how about that?

When they invite me to stay with them rent-free, it sounds like a good idea. Because my money is disappearing at an incredible rate and I didn't expect Paris to be so expensive. And if only a letter would arrive from the Côte d'Azur, I'd know whether I can stay or whether I have to go home.

—You can stay with us as long as you want. One day we'll show up at your doorstep and you'll do the same for us, right?

That's how I come to share a studio with the boys in Neuilly-sur-Seine. I sleep on the floor between Carlitos and José Antonio on a foam mattress we unroll each night beneath a canopy of marionettes. One small room with a kitchenette and a tiny bathroom like the ones on airplanes. Take the Pont de Neuilly line past the Arc de Triomphe and get off at the last stop. You can see the Arc in the distance, but only if you stand outside. The studio's one window faces a dark air shaft. It's a corner apartment building off a street that's spelled like *poison* but means "fish."

In the fridge: some cheese, a little butter, always the same diet of ham sandwiches. One of us sent to the boulangerie for the daily baguette.

·   ·   ·

—Ham sandwiches are economical, Carlitos says between bites, the crumbs resting on his stubbly chin.

I look away when he eats, his blue teeth chewing and chewing. His oily hair. Even the whites of his eyes are dingy, discolored aged linen, like people who live in huts and cook with wood fires.

When it's my turn to run to the boulangerie for the day's baguette, I try warbling a little French, but the shop girls giggle and call out to each other and laugh. That day, I give Carlitos and José Antonio my share of the money and beg them to please never send me again.

Six girls from Barcelona arrive.

—They traveled all day on the train; they're tired. I told them they could stay—Carlitos says to José Antonio—. And who knows, one day we may need a place to stay in Barcelona, right?

The boys blow up air mattresses, unfold blankets, lay out grids of foam. We are nine bodies in that little room that stinks of feet and armpits and groin.

—No, no, stay. There's no problem, really. You'd do the same for us, right?

It's too late to do anything about it. Everyone is exhausted. The six women from Barcelona, the boys, the puppets, me. The room whistles like teakettles. These *españolas* are big girls. Because they've fallen asleep first, they stretch and stray beyond their original borders. They sleep the sleep of salamanders, in curly *S*'s.

In the middle of the night I dream a gun is being held to my temple, but when I wake, it's only someone's elbow.

I can't sleep. It's so crazy I laugh out loud in the middle of that noisy darkness, with only the marionettes dangling above listening.

One night when Carlitos is gone and I'm asleep, one of José Antonio's long thin hands crosses my belly, a fly crawling across my skin. His fingers make little circles that burn round and round my navel.

—Don't you want to be my lover, no?

It's because José Antonio's pretty that he's that way, tall and smokey-limbed as a mirage. I just keep my eyes shut, don't say anything, because I'm not sure what I want. But after a long while, when he sees how stiff I am, he gets tired and leaves me alone.

Another night when it's time for bed, Carlitos and José Antonio talking to each other as if I'm not there:

—A valentine of an ass. An ass from heaven, man. I'm not kidding.

—Did you fuck her yet?

—Not yet. But this weekend, brother, make sure you get lost.

—And Marta?

—All yours.

I shut my eyes, breathe heavy so I'll fall asleep faster. The marionettes dangling from the ceiling. The wandering hands of the puppeteers. All my cells with an eye in the center, somnambulant at first, until I grow tired, they grow tired, whoever gives up first.

Martita and Paola say I can take turns staying at their places.

—Are those boys misbehaving?—Marta asks.

Paola is more direct. —Puffina, *cara.* Don't you know anything free from a man always is more expensive?

Paola's employers are going home for the holidays, and she will have the whole apartment to herself. Can I wait until then? In the meantime, I can stay with Marta.

—Really, it's no bother, Puffina. You come now.

When I move out of the boys' apartment in Neuilly-sur-Seine, José Antonio says, —Congratulations. You're the only woman who's slept here who we haven't fucked. *Felicidades.*

I don't know what to say, so I don't say anything. Just wonder about the six *españolas.*

Martita rents a room at 11 rue de Madrid, métro stop Europe. Not the rooms that face the street, no, but the ones in back. First you must cross a damp courtyard to a dark rear stairwell, then up six flights of stairs.

Your side hurts by the time you reach the fourth, and the rail is old and iron. Someone has left a mop in a bucket of dirty water on the landing.

Marta's apartment is at the very top, a room with no windows except for a tiny skylight you open with a pole, and no lock on the door except a bent nail, and no bath, just a toilet down the hall. A bathroom that always smells of *pipí*.

—Welcome to the Black Hole of Calcutta—Marta says—. You can stay here as long as you want, Puffina, don't worry. Really, it's all right.

We sleep head to foot on a narrow bed with a mattress hollowed in the center like a canoe. But even like that, you wake up with your spine twisted into a question mark. Marta doesn't say anything about it, though.

She doesn't mind it really, because —What do I want to pay a lot of money for a place I only sleep in, right? Well, what do I know— Marta says, and shrugs.

At night, doors slamming. Footsteps in the hall. Someone coughing on the other side of the wall. I never meet any of the neighbors all the time I'm there. Only footsteps, coughs. An ambulance wailing from a long way off. Somebody's television murmuring a rosary.

Martita, I don't tell you I'm afraid to stay here with the cough on the other side of the wall, the darkness, and that hall bathroom. When I have to go make pee in the middle of the night I hold and hold and hold it till the next day I have cystitis. Martita, don't make me laugh or I'll wee-wee the bed, and then what would we do? I'm afraid of the dark. I'm afraid here in Paris. *J'ai très peur.* Are you afraid some-times, too?

And it's as if your body isn't an anchor or an iron bell anymore, it's only your spirit, wide as a sky, as if a thousand sparrows opened their wings inside your heart, and oh, it's lovely, lovely, Puffina. As if you'll never feel alone again.

One day I walk up the six flights looking for Marta, and she's not in the Black Hole of Calcutta. She's not anywhere until I think to look in the bathroom. Gray-eyed Marta, face of a Botticelli, kneeling over the commode, one hand absentmindedly swishing a rag around the bowl, the room reeking of disinfectant.

—Marta, let me!

—No, it's all right. I'll wash my hands later. I got tired of smelling everybody's cat piss.

Marta works at Le Roi Soleil, a very chic-chic tanning salon on the Avenue de Wagram. It was even featured in the US issue of *Vogue*. She got the job easily because Marta is so pretty.

She has to show customers to their private sunroom, and bring them white towels and oil on a tray, and put oil on their backs if they ask, that's what she gets paid for.

But when the salon burns down because of a short circuit in one of the lamps, the owner blames it on Marta's carelessness, and that morning, a Sunday, Marta returns to the Black Hole in tears while I'm still asleep.

You're wearing a bronze tulle skirt all spattered with gold sequins, a little dance tutu drooping and stinking of smoke from the salon fire. The sound of it rustling into a heap on the floor. When you've gone to the toilet, I touch the fabric, the little gold sequins. Where did you get a skirt like that, I wonder.

But when I ask, you just put your face in your hands and howl. I have to hug you and say, —*Ya, ya, ya*, don't cry, Martita, please don't cry.

I'm waiting for something to happen. Something always happens in Paris. Paris, with its chandeliers and palaces. Paris, of champagne and moon. I'm waiting for something bigger than my life. A letter from the Côte d'Azur.

All my life I've been waiting.

· · ·

In Chicago it's winter, too, and it's cold like here. My father is coming home from work with tacks stuck to the bottom of his shoes and tufts of cotton lint all over his sweater and in his hair. There's a hole in his pocket from his hammer. There's a sofa with its stuffing undone sitting on wooden horses, and scraps of fabric on the floor. There's a floral chintz taped to the window to keep out the eyes of people who pass.

My father is sweeping up scraps and sofa stuffings and the long cardboard strips with staples. The staple gun and the air gun dangling from curly coils overhead. My father is hand-sewing a cushion with a long curved needle, or he is working a sewing machine. Or his mouth is full of tacks and his little hammer is saying *tac, tac, tac.*

When I was a girl, I was always left speechless whenever my father put a handful of tacks in his mouth, as if he was a sword-swallower or a fire-eater. I'd put a tack in my mouth when he wasn't looking and then spit it out. *Tac, tac, tac* says his hammer. My father hums or mutters my mother's name over and over, like a man drowning.

If you run your finger across the globe, on the same latitude as Chicago or near—Paris, where I'm staying with Martita and her canoe bed. We're taking sponge baths in front of a butane heater that gives me a headache. It's so cold we have to set the purple plastic tub right in front of the heater, shiver when we wash, walk down to the end of the hall to refill or empty our bucket, water stains on the dusty wood floor. Back and forth.

. . .

It's raining a cold rain today. Martita and I with our hair wrapped in towels, painting our toes. Marta tells me about a man named Angelo she was in love with in Buenos Aires. How when you make love with someone, it's never the same as with anyone else, is it? How every time you make love with someone it's always completely different, right?

And I say, —Martita, I've never made love.

—Never? Not once?

The rain on the skylight making soft little sounds, and the towel warm around my hair, and my toes being painted red.

—*Ay*, Puffina, it's what religion is supposed to be. Like when the sun shines through the church window's prettiest colored glass and you *know* God isn't inside that building, he's inside you.

It's that moment when you go to the Louvre to see the *Mona Lisa* for the first time. You know how surprised you are to discover she's so . . . tiny . . . surrounded by all those people crowding around to meet her. But she's not looking at them, she's looking toward the doorway, because she's been expecting you. And when her eyes meet yours, it's that instant, that smile she gives because she's glad to see it's you. You're the one she's been waiting for, and you're glad, too.

It's like the day those ambulance drivers lifted me when I was hit by a car as a kid. Don't laugh, Puffina. It's like that, I swear. Gently, gently, as if I was all made of glass. That's how they picked me up. Oh, please. It was beautiful to be held like that. As if all the sad and happy things that ever happened to me, everything ugly and sweet and ordinary and marvelous, all swirled into one.

And he knew all my secrets and my sadnesses. My heart lit up inside his and his inside mine like el Sagrado Corazón. I'm not talking about orgasm, Puffina. I mean something greater. The you-you dissolving, a lozenge on the tongue. So it isn't you and he or that and this anymore. It's all the things you ever knew and all the things you didn't, and no words for any of it, and no need for words anyway.

And it's as if your body isn't an anchor or an iron bell anymore, it's only your spirit, wide as a sky, as if a thousand sparrows opened their wings inside your heart, and oh, it's lovely, lovely, Puffina. As if you'll never feel alone again.

It makes me sick to count my money, to look and see how little is left. I try not to think about it. Every day I have less and less, the money dribbling out like in the French public phones where you drop the coins in the machine and watch them all drop-click through the plastic chutes like a waterfall. The phone swallows and swallows, it wants more and more francs. But I don't want to go home. I've come from so far away because Paris is the city of dreams. Not yet, not yet, not yet.

Martita, I like how you say "Beaubourg."

I know how to say it now, too. —Meet at the Centre Pompidou at Beaubourg—. One of us always on time, and the other two always late. We walk around and buy bags of *pommes frites*, our hands cold, the little paper bags greasy and warm, or a sticky crêpe from a street vendor. We look in shop windows at the things we can't afford.

In Chicago, my family is making tamales for Christmas. They're soaking corn husks in tubs of water to soften them. There's the scent of pork meat steaming in my mother's pressure cooker. My mother has the whole family assembled in a production line that requires all hands on deck, aunts and uncles and cousins and kids, some at the table spreading dough on the corn husks with spoons, some adding the fillings, the sweet and the salty, then tying them with strips of corn husks as if they were Christmas presents.

My family is gossiping as they work, I imagine. They're having a good laugh about me, I bet. My ma is telling a story with me holding a flute of champagne in one hand and a pen in the other. She imagines I'm looking out at Paris from the top of the Eiffel Tower, though I can't even afford the second-floor observation tower.

Me in the city of dreams.

Only my father keeps his thoughts to himself, his mouth shut.

On Christmas Eve, no one invites us to dinner. Marta and Paola and I meet at Beaubourg with a paper bag of walnuts, a demi-kilo of tangerines, a bar of Swiss chocolate. We look in the bright windows.

An Indian shop full of gauzy fringed scarves, leather strings of brass bells, patchouli incense, wicker baskets, rattan chairs. A woman selling roasted chestnuts. Open-air stalls with great downy geese hung by their feet, flaccid necks, pheasants with all of their plumage. Waxy wheels of cheeses as creamy as calla lilies. Chocolates wrapped in gold foil. Blood oranges from Spain, green bananas and mangoes from Senegal, avocados from Israel, Greek pistachios. Feathery tulips the color of flamingos on thick green stems. Shops with silk camisoles and scented drawer paper, soaps that smell of carnations, little bunches of lavender tied with ribbon, a peach parasol lampshade, a white iron bed with an antique comforter, and the linen all cutwork and edged with Battenburg lace, and Marilyn Monroe alarm clocks.

—Look, look, Martita!

You bury your head on my shoulder and say, —Please, can't we go now? I'm so cold.

I move out of the Black Hole and move in with Paola for the holidays, while her employers are away in Sardinia. Marta moves out of the Black Hole, too, with a job in Saint-Cloud as an au pair. A long ride to the end of the métro line, then another train, and then a bus. We go on a Saturday afternoon, me and Paola, Marta leading the way.

The Eiffel Tower tiny and far away from the kitchen window where Marta minces carrots, broccoli, peas into an ugly green mush for the baby's daily soup. The baby is a little Korean kewpie with hair like fur, a fat honey drop who just learned to hold her head up. I take a picture of Marta and the baby on the balcony, Marta kissing and kissing the baby, and the baby just letting her.

Paola's apartment is at 7 rue des Innocents, métro stop Châtelet. On Sunday we walk along the Boulevard St. Germain, because Paola has promised to take me to Les Deux Magots. The last time, I had just bought a new black-and-yellow-speckled composition book with a matching speckled fountain pen, the paper the good kind, with fine lines when you hold it up to the light, like the labels on wine bottles. But I never make it inside the café, even though I imagine myself sitting at a table by the window, ordering a café au lait, and writing in my new composition book with my new pen.

I've walked past Les Deux Magots with other notebooks, other pens, but I never go in. I'm afraid of the waiters. I'm afraid of the customers seated at the windows staring at me.

But Paola doesn't notice or doesn't care. She pushes me through the front door and shoves me in a chair, orders for both of us. We watch the French watch us with bored faces, their cigarettes and dogs. They don't like us here.

Paola tells me the story of how she came to Paris hoping to become a model. She shouldn't have had a problem, long-limbed as a thoroughbred and pretty.

·   ·   ·

—But the photographers treat you like their whore. And they say I photograph fat, that I should take pills, that my nose is ugly, and like that.

She lights a Gauloises, flicks her platinum mane, and, without knowing it, looks like a photo by Brassaï. Back home, her uncle, who eats his dinner lying on a couch like a caesar, says she's *una pazza*, wasting money on nonsense like a new nose when the one she had before was *splendido*, like his.

—My uncle! He cannot wait to say, *Paola cannot make a success of life*. No, Puffina. I cannot return until I learn true French. Then maybe I can find work as an interpreter or a tour guide, or how do I know?

The Paola from before the new nose was allowed to come to Paris alone so long as she stayed with her cousin Silvio.

—Why? Because Silvio is *famiglia*. Second cousin, but *famiglia*. And he said I could stay until I could find work, no problem. Then, *Mamma mia* . . . I had to get out as soon as I could run, eh? Understand?

She rolls her eyes and lifts her eyebrows in explanation, and I nod and make-believe I get it. Paola is the same age as me, but I'm a little fool compared to her.

—But if my uncle knew what kind of barbarian Silvio is, he never would've let me go. But he didn't know, did he? Silvio looks at me, and what does he see? He sees I am an idiot. We sleep in the same bed because there is only one, in one room, and anyway, *how is it you don't trust me, your own cousin?*

He's so old, what am I supposed to say? One night, one of his girl-friends is in the bed, too, and I'm so afraid, I just pretend to keep sleeping because I'm a stupid girl. The two of them making pig sounds right next to me, as if I like it. I only stay till the morning, until I have in my pocketbook enough francs. Divine where I find them? *Ecco!* I go.

Paola likes to tell people she's from Milano, but that's not so. She's from a little town beyond the city named San Vittore, a place that sounds pretty to me.

—But, no, it's not that way, Puffi. You cannot walk anywhere with-out getting shit on your shoes. And in winter, so cold you cannot imagine. I sleep on the couch next to the heater, and even then . . . A courtyard where the neighbor's dog, chained to a fence, barks all night. Dirty windows. Dirtiness on my shoes. Rusty mattress springs and bicycles and metal in the yard. *Tutto grigio, sempre grigio.*

When you think it's impossible to live one day more of fog and win-ter and gray, when you are going mad and are going to suicide, *voilà!* It's spring. And there, above all that ugly ugliness, so close you think you could touch them, Puffina—the Alps.

The Argentines have organized a party for New Year's Eve. They've rented a hall near the Bastille, and we're all going. Everyone except Marta. But at the last minute she comes, too.

. . .

We pile into a yellow Citroën that belongs to José Antonio's new girlfriend, a woman with that transparent skin copper-haired women have, wrinkles as fine as silk threads, the kind of face that gets migraines. José Antonio introduces her as a Buenos Aires actress. Her neck very straight and proud while she's driving, as if she's a flamenco dancer.

It's cold outside. A dry cold. Even the moon is cold and far away. The little hole in my heart is brittle and charred.

We drive past empty streets, high wooden fences, dark buildings. Strange to be riding in a car. We drive round and round a wide circular intersection.

—This is where the Bastille stood, José Antonio says.

—Where?

—Here.

But there's nothing here but a big bald circle. The car going round and round very fast, like a dizzy carousel.

There isn't anyone walking down the streets. Everything boarded shut. All at once, the windows of a lamp shop brilliant with chandeliers.

—*Guarda, che bello!*—Paola says.

And for a little while the hole in my heart stops its whistling.

. . .

The yellow Citroën darts this way and that, down an alley and up another, a wild game of blindman's bluff. We park on the sidewalk same as everyone, push a wooden gate. An unlit courtyard and the sticky scent of meat frying. A crowd pushing to get inside sweeps us through.

The hall the Argentines have rented is as cold as a gas station, ceilings as high as an airplane hangar's, and fluorescent lights that make our faces hard. Concrete walls and concrete floors a color that has no name. Putty? Submarine gray? Pea green? As if the war had just ended.

We line up to buy our tickets, everyone paying their own way except the actress, who pays for José Antonio. Steaks being cooked over an open grill, the cook sweating. Red tickets for wine and green ones for steaks. But it's so cold out tonight, the stars don't even blink. Foldout tables. Foldout metal chairs against our thin dresses. We keep our coats and gloves on while we eat. Paper plates and plastic silverware. Wine the same color as the blood running from the steaks.

They're playing tango records. Everyone getting up to dance. José Antonio with his actress, Carlitos dragging Paola. The dancers moving in a big counterclockwise circle across the floor, the sweeping sound of their feet—a slight lag, a glide, a jerk, the movements of cogs and wheels inside a clock.

Even with my coat on, I'm shivering. I swear I can see my breath. I'm wearing the olive-green Fiorucci dress I bought on sale. It's the only nice dress I own. The last time I wore it, a passing motorist stopped and said something to me. His French all one blue ribbon, I didn't know where one word ended and the next began.

—*Désolée, je ne comprends pas, désolée, désolée.*

At first I thought he wanted directions, but when I realized he wanted me to get in the car, I ran away. I never wore the dress again, until now.

—Tell them you sleep with your *mamma*—Paola says—. They always leave me alone when I say that.

Bloodied paper plates, steak bones as big as knuckles. The hole in my heart stinging when I take a breath and let it out again.

—Keep me company, —Martita says—. Please don't leave me alone tonight.

Martita unbuttons her everyday woolen coat with the hood to show me the pretty black crêpe underneath.

—I bought new shoes, new underclothes, and stockings, too. I spent too much, I know, but I was invited to a very elegant party tonight, Puffina. A French boy I used to see invited me to his house. But at the last minute we had a fight.

Yesterday I called to ask what time I should expect him. He said he didn't have time for that, I should come on my own, and then I heard myself saying, *Unless you pick me up I'm not coming*, and he said, *Fine*. Just like that. That's what he said.

. . .

There was going to be champagne and live music and everything. I
was supposed to meet his family. I'd never been invited to his house
before. Have you ever been invited to a French person's house, Puffi?
Stupid of me to have insisted he pick me up, no? But don't you
think . . . because he invited me?

All the while not looking at me as she talks. That little snip of a profile.

—Puffina. There's this, too . . . *Ay*, promise me you won't say anything to anyone, please, Puffina, promise, say you promise. Promise
please . . .

You turn finally to face me, your pale eyes flooded.

—Martita, you're not . . . My voice rising high and thin—. Are
you?

You sweep your silver eyes beyond me and sigh.

—It's nothing to do with the French boy. It's not his.

You throw your head back, let go a laugh made of glass.

—It's *his*, you say finally, flicking your chin toward the dance floor.

—José Antonio?

—Worse. Carlitos.

. . .

Carlitos and Paola clumsily shuffling past, and Paola shouting for us to join them.

—Ridiculous, right? —Marta says and starts laughing again without looking at me.

A terrible laugh I've never heard before comes out of you, Martita, hiccupy, hilarious. Until I realize you aren't laughing.

Then it's my turn to not look. And it's as if the music has stopped playing, as if everything in the room has stopped at that moment, because I don't remember the music, only the sound of the dancers' feet sweeping against the floor and everything moving round and round in a drowsy counterclockwise circle.

```
Puffi, mia cara amica,

Paris is without sun, and I am pale as oyster.
Some days I think I will go home, but Milano
in February is famous for fog. I am in
language school again. Remember your café?
I met a cool guy from Rimini there. Maybe I
will visit Rimini. You have plenty of ocean
and sun in Nice. Better I visit you.

                              Ciao ciao,
                              Paola
```

Querida Puffina:

Don't you have any other friends at the foundation besides your Yugoslav? Women, perhaps? Why do you say you are scared in a room full of poets? Now would be a good time to have someone looking out for you. I am trying to guess how old your poet must be. Is he paying you to translate his poems into English? Make sure he pays you! Take care please. You believe the whole world is good like you.

I haven't found a job yet. To make matters worse, my mother's wages have been frozen since before I left for Paris. She complains about everything costing more and more, but anytime I want to go out and look for work, she worries I might be abducted. I think it's her change of life that makes her so crazy. What do I do in this crazy house? I eat. My mother cooks real meals in a real kitchen.

And what do you think? I'm learning to dance the tango with a neighbor as old as my grandfather. When he was young, the men practiced dancing with each other, so he knows how to lead and follow and is teaching me to lead. I should take lessons in being the lead in everything in my life. I want more than anything now to become self-reliant.

Wish me luck, amiga, and I will wish the same for you.

Te abrazo,
Martita

*

Puffinissima,

It is a long time I don't have news from you.
How do you like Sarajevo? And your boyfriend?
Do they adore poets in his country or are
they just like musicians—bums? Does he have a
real job?

As for me, my life is one big same. Boring.
I hope Marta didn't tell her mamma about her
Paris problem. My uncle does not know he
paid for the clinic. He probably thinks my
emergency was for me, but I don't care.

Do you remember the guy from Rimini? He is
inviting me to visit, and I am thinking yes,
why not, sure.

I found work at a nursery school, and I was
excellent except they fired me because I
was smoking when holding a baby, which is
forbidden. I said it was not so, but the
baby's hair smelled like cigarettes, and
now look at me—no job. So I am thinking
of studying to became a teacher for little
ones. After I quit smoking. Ha, ha. I am not
joking. What do you think? Me, a teacher for
bambini. Laugh!

                                    Baci,
                                    Paola

Querida Puffina:

I thought about you and Paola today as I walked down la Avenida Santa Fe. It reminded me of walking with you both on the Champs-Élysées and left me missing you.

From what you say in your letter, you sound like Davor's housewife, not houseguest. Did you travel all the way to Sarajevo just to wash Turkish rugs and break walnuts with a hammer for a cake? But the prayer calls "unfurling like a flag of black silk" and the minarets you describe, well, I imagine a tale from One Thousand and One Nights.

I'm working at a glove shop. It's only part-time, but it's something. I have to stretch the fingers with a metal tool that looks like a capital A, then I sprinkle talc on the palms of the customers, and then help tug them over their hands. They're Italian gloves. I think of Paola every time I see the label.

I don't know what Paola is up to. I haven't heard except that her uncle found out about Domenico. She wrote and seems to be doing all right, but I don't mind telling you, I don't like that Domenico. He's married, did she mention that? I think she sends postcards to avoid saying more.

You don't need to worry about me, Puffi. I'm fine most days. You think it's the end of the world one day, and then every sad and terrible feeling inside just passes. Like clouds.

Sending you love,
Martita

Brava, Puffinissima,

You did the right thing to end with that
brute. You should never stay with anyone who
strikes you. I am glad you are back safe at
home in Chicago. My life is pure movement,
too. I am going to get a Milan apartment
that belongs to Domenico's business. He has
promised me a job at an associate's hotel.
It is only a matter of relocation, and the
job is for certain mine. So what am I to
do? Something is better than nothing, right?
Don't write to me till I know my new address,
which I will send promptly promptly for sure.

Baci,
Paola

Querida Puffi:

Remember singing "Gracias a la vida" together to help
us forget the cold? I am feeling gratitude now for my life.
Why? I am working—in Paris! Yes, Paris. That is, the
Pâtisserie Paris near the Teatro Colón here in Buenos Aires.
(I hope I made you laugh.)

I got the job because I can pronounce all the pastries
perfectly. I greet the customers in French, though they
don't speak French, but my boss is convinced this will
draw customers. I also work the cash register, clean
counters and glass displays, assemble boxes, and tie the
purchases with ribbon I curl with scissors.

I wear a uniform the color of a pink macaron and a white
eyelet apron and a little meringue of a hat. My wages
aren't much, but if I do well, my boss says I might get
promoted. For now I'm hired to say, bonjour, merci, au
revoir, and everyone's happy. Especially me.

Mille et une embrasse,
Martita

P.S. I enclose a photo of our pâtisserie and a scalloped
napkin. Très jolie, no?

Puffina bonita,

Who is this fidanzato of yours? You say your
papá approves, but how about you? As for
me, my life is the fable of the boat and
the river. Once you cross the river, you do
not need to carry the boat on your back,
right? So ciao ciao, Domenico. I only needed
someone to set me to my destiny, and I am
doing better now than most fools who have
listened to fools. I can defend myself in
three languages and am working on a fourth.
I found employment immediately at a travel
agency across the street, and from there it
led to the tourist hotel owned by Domenico's
rival, where I now work. Even my uncle says I
am cork. When others drown, I float.

                                    Bye bye,
                                        Paola

Mi Puffina:

*Felicidades. I loved the photos. You look like a girl making
her First Communion. I still think of you as our little
Puffina, not a wife who writes to me about her confusion
buying groceries. I laughed when you said you bought
a huge bag of sugar, just as your mother does, but don't*

know what to do with so much sugar. Let it sit in the
cupboard till your mother confesses what she does with her
sugar.

Now it's your turn to congratulate me. I finally moved out
of my mother's apartment. I am living with two friends
I've known since we were little girls. María Belén and
Susana are students at the university. Their roommate
went back home to Mendoza, and they needed someone to
help them with the rent quick.

We live over a coffeehouse in a building as narrow as
a book. I sleep behind an armoire in the dining room.
I've never been fussy about where I live, so what do I
care if my bed is a cot? At least I'm on my own again,
right?

It's rich to wake up to the smell of coffee from the café
downstairs, though I don't eat bread anymore thanks to
Pâtisserie Paris.

My life is more social with Belén and Susana. They're a lot
smarter than I am, and I don't understand half the things
they say, but I'm improving. I am even reading poetry,
how do you like that?

Write more often. Your letters, even when complaining,
amuse me so much. I keep you in my thoughts.

                                        Always,
                                        Marta

Puffi, poverina,

You must feel all this magnificently. Maybe
you are going through too much to write,
and I get it. It is normal. You are not a
terrible person. So what, you are a divorced
woman. Get over it. I will light a candle to
la Madonna for you. And one for Marta, too,
why not?

                                          Baci,
                                          Paola

Querida Puffina:

*I don't know if I was the one who didn't answer your letter
or if you were the one who didn't answer mine. It no longer
matters.*

*I was rearranging my dresser, and in a drawer I found
your letters. (I hope the address is still the same.) Then
everything came back, that New Year's Eve in Paris, more
than that, a feeling, a sentiment—I don't have a good
memory, but I do remember emotions.*

*How many days did we know each other? I don't even
know. But I know I grew to love you very much,*

Puffina. That's what I felt, all at once, when I found your letters.

I wanted you to know it. That's all. I have a photo of us—you and me and Paola—taken in the metro in one of those automated booths. Remember? I'm happy to have it.

To try to tell you what's happened to me since then is difficult—

I was at the point of marrying, but it couldn't be. It's just been a little while since I broke it off, and I'm a little sad. It will pass.

In May I'm going back to Europe to avoid our Argentine winter. I'll be in Madrid. Here's the address in case you're still traveling:

Marta Quiroga Pascoe
A/A Irene Delgado Godoy
Villanueva y Gascón no. 2-3ª
28030 Madrid
España

I don't know how long I'll stay there. Maybe I'll return soon to Buenos Aires. Maybe not. I have to restructure my life a bit. I've made a bit of a mess of it. God willing, I'll hear some bit of news from you. Don't forget me.

I hug you,
Marta

I'm stirring my coffee with a spoon, rereading the last letter you sent me years ago. Today, Saturday, at 11:14 in the morning, I'm at my kitchen table thinking of you, Martita, wherever you are.

I should've answered your letter. Some things that happened to me were wonderful, and some parts were only good because they passed. When things were bad, I kept thinking better was just around the corner, and by the time I had the energy to raise my head and take a look at my life, years and years had passed. Forgive me. I didn't want to admit to myself this was all I had to tell you, this life of mine. At the time, it didn't seem enough, not what I expected, not what I had ordered, not what I wanted to share. Do you understand?

I'm alone this morning in my kitchen, enjoying my coffee and talking to you in my head. I imagine you are getting ready to have lunch in Buenos Aires. I imagine Paola is in Rome, coming home from work. I imagine you each reading a book, bringing a glass to your lips, walking down the street, lingering at the arabesque of a gate, or pausing at a bakery, or dipping bread in coffee.

I'm in Chicago, the place I said I'd rather die than live. But look at me, I didn't die, did I? I live with my two girls and their father. They're good kids, my girls. Paloma looks just like her dad but is more like me at her age; a baby bird plotting to fly far away. Lupita was born the same day my father died. We named her Guadalupe in his honor, and sometimes when she looks at me, I swear my father has never left me. Paloma and Pita. Sometimes just watching them doing something silly, dancing in front of the television and singing off-key or breaking fistfuls of saltines into their soup, I'm completely sideswiped. *How did you get so wonderful?*

You would like my Richard, I think. I love him—I do. I'm not *in* love. But that part of my life is put away. He works hard. He's a good man. Someone you can depend on. Which is more than I can say for the one I was *in* love with. How can one survive that kind of destruction more than once? How every time you make love with someone, it's never the same as with anyone else, is it?

Richard and I bought a brick three-flat, and now we're busy fixing it up and hope to pay the mortgage with the rents from the apartments below. But it's a lot of work, Martita. And both of us tied to paying for it now. And coming home from work exhausted and having to work on the apartments, too, and feed our girls.

My first marriage was to a big goofy kid of a man. We thought we couldn't have children. The doctors said there was nothing wrong. Just nerves, they said. If I would only relax. But tell me, how can you relax when your parents adore your husband more than you do? And you feel miserable because you don't, and you wait for a little chink, a little air, and you pretend to fall asleep when he stumbles into bed and touches you and your body flinches. And you know already, he knows already, you already know.

Then when we did divorce, a few months later I met someone who wanted to sleep with me, and I thought, why not? I deserve to be held, don't I? The absurdity of it, to fall in love so completely, to be in love finally, and to become pregnant just like that.

. . .

This is when the dreams began. A Bengal tiger leapt on top of me and tamped me down as if I were a bundle of crushed grass. He smelled of the night before it rains, his weight overwhelming. I could feel his heart pulsing through his flesh. When he began to snore, I knew I could keep perfectly still and live or make my escape and risk waking him. I dreamt this same dream over and over.

Because I couldn't bring myself to decide, my body decided for me. Some part of me died with the miscarriage. Some when he left. To have the person you love alive, living on the planet, alongside you in time but choosing to *not* live alongside you. This is worse than death, I think.

At work I sometimes take a bag lunch and eat it across the street in the art institute's sculpture garden. It's nice there. A fountain, a few stone benches, lots of green. Peaceful when the weather's good, and best of all, it's free. I was eating my sandwich when a sparrow flitted down near my shoe, hopped under a bush, and started to enjoy a dust bath. A little fluff of feathers skittering in a great cloud of dirt. *It's only your spirit, wide as a sky, as if a thousand sparrows opened their wings inside your heart.*

Something heaved up from my stomach, and I thought I was going to be sick. But what came out of me was a series of yelps like an animal hit by a car. A security guard ran over and asked me if I was okay. I told him I was having female troubles, and that wasn't a lie.

I don't call myself a writer anymore, but I console myself with books, with reading. Before, it was all about how I looked to others. Now I just want to look good to myself. That's just as important, isn't it? If not more.

I work for the gas company on Michigan Avenue, the job I used to work summers to pay for college. Better you should do something practical, my father said. Because I was so tired of being poor, so frightened of it. Going to work with clothes that always give you away. Living in terror of the mail. Money problems always nipping at your ankles, even when you think you've outrun them. But they follow you, don't they? All my life trying to keep a little ahead. It broke my father's heart to see me poor. It broke mine to have him see me that way.

Do I like my job? No, I don't like it. Of course not. I like eating buttered bread with my coffee. I like reading books. It's a job that pays well. Something I can depend on, like the man I live with.

People look at me and they just see a woman who works in an office. *It's as if your body isn't an anchor or an iron bell anymore.* That's all. Just someone who answers the phone. Nobody asks me, What's that you're reading? Eduardo Galeano's *The Book of Embraces*? Gwendolyn Brooks's *Maud Martha*? Elena Poniatowska's *La Flor de Lis*? Xenophon's *A History of My Times*?

No. I like sitting under a tree. I like going to the lake and looking at the water and pretending it's the Promenade des Anglais, and that white building behind me, let's say it's the Hôtel Negresco. Lake Michigan changing color every season like an aquamarine I used to wear on my left hand, third finger. But the lake is so far away from where I live. It costs to get there. Everything in this world costs.

Marta, did you know they made you pay five francs to sit on a bench on the Promenade des Anglais?

It's a long bus ride to the lakefront, and then a walk through the park, hoping no one bothers me. And by the time I get there I'm exhausted, but there it is, lapping, lapping, lapping. Nothing but water and water. The city is beautiful if you can get to the lakefront every day. You have to be rich to do that without exhausting yourself. Any city is beautiful if you're rich.

I think it's curious how the rich always have more light and sky and pretty lawn. How when you're just trying to get by, there isn't time to take care of those little things that make for such big happinesses, is there?

Me and Richard, we put our savings together and spent it on drywall and formica and tile and two-by-fours for our building. We call it "ours" even though nothing's paid for. Hutch, apartment, three-flat. If we don't like something, there's no landlord to complain to but each other. Our hair stiff with dust and fingers stained orange with varnish. We take it seriously. Till we raise our heads and have a good look at each other. Then we just laugh.

Richard says: —Corina, why can't you leave well enough alone? The hutch was fine the way it was—the color of Coca-Cola. But I say it's the color of cockroaches. I've got one cabinet door peeled clean as an almond. Slow work, but I don't give up, maybe because Richard thinks I will. I don't go crazy, either. Just keep at it, stripping a little bit each day after work on the days I'm not too tired and every Saturday without fail. Well, there isn't much time for going to the lake.

. . .

Our building is off the expressway, which is how we got it so cheap. And at first you can't sleep with all that whooshing noise, but after a while you get used to it. Sometimes I pretend that whoosh is the sound a shell makes, the sound of the ocean when it heaves its breath and lets it go again. You can get used to anything I suppose.

Sometimes I think of you at odd moments, Marta. When I'm teaching the youngest how to brush her own hair or painting my toes on the back porch and painting my girls' toes, too. I suspect it must be that way for you, too. Which is when we both must be thinking of the other, tugging and yanking like tides.

To lose myself in a book, Martita. *In 88 BC, Mithridates, king of Pontus on the Euxine, was at war with Rome.* Isn't that pretty? Did you know the Euxine was what they called the Black Sea back then?

To live in a book for a little. A story. A poem. Wonder how it is a poem can say so much so beautifully. I used to grow sad to witness all that joy alone, because Richard's too tired to notice that sort of thing. But I've gotten used to enjoying things on my own.

This morning, rereading your letters and drinking my coffee in the kitchen and sitting under a little square of sunlight that comes through the lace curtain in a graceful pattern, just sitting here and looking at the walls and not thinking anything special. Just to be able to sit, nice and warm in this lovely square of sunlight, and to not have to go to work today, and no one calling me, and the house very quiet for once, my Richard and our lovely girls all safe and snug at the library. And far away the sound of the expressway whooshing like the ocean, and to realize suddenly . . . happiness.

. . .

Sometimes when I look at trees in winter, how their bare branches give off a violet light. Or the scent of a baguette. Or the Moroccan design on an antique doorknob. Or how a window opens out instead of up. They remind me of those days I lived beside you, Martita. Though I don't tell anyone, I think it. Without regret. We don't write each other anymore, but I still think of you, Marta. *Un recuerdo*. A remembrance, a souvenir, a memory. *Te recuerdo*, Martita, I remember you.

Don't forget me . . .
I hug you,
Your Puffina

ACKNOWLEDGMENTS

My Martita is based on all the women who rescued me during my years as a cloud and ever after, just as Corina is all the women whose lives have touched my own. I do not know why some lives resonate so ineffably within me that they oblige me to sit and stare at dust motes. Each is a note humming beyond the range of human hearing but whose reverberation enriches my being.

I can cut my hair myself, but I depend on my Macondo family for helping me with the back. Thanks to Ruth Behar, Macarena Hernández, Reggie Scott Young, and especially Liliana Valenzuela. Lili, it is pure joy to see the title returned to its original incarnation and to hear Martita speaking as she does in my imagination.

In San Miguel de Allende, *gracias* to Charlie Hall for the generous gift of time in a parsimonious season. All of Taxco's silver to the sterling María Belén Nilson Nazar for polishing with her jeweler's cloth the *porteño* voices.

Again and always, I must thank my sister Jasna Karaula Krasni in Sarajevo for inspiration and, above all, love.

For taking care of life's details so that I could keep on writing, I am indebted to Yvette Marie DeChávez, Ernesto Hilario Espinoza, and Eunice Misraim Chávez Muñoz.

·   ·   ·

I appreciate the professionals at Vintage who labored to produce this book: my editor, LuAnn Walther, and her Vintage team: Ellie Pritchett, Zuleima Ugalde, Perry De La Vega, Kayla Overbey, Indira Pupo, Nicholas Alguire, Laura Martínez Espinel, Hayley Jozwiak, James Meader, Alex Dos Santos, and Annie Locke. Thanks to the Penguin Random House Audio team, Executive Producer Aaron Blank and Assistant Denise Lee, to Studio Engineer Gabriel Heiser of Estudio San Miguel, and to the actors who assisted in the audio performance.

Cristóbal Pera, noble and generous of spirit, gave editorial attention to my Martita *en español* above and beyond the call of duty. Cristobal, it is my good fortune to have met you.

Jaya Dayal shared her dream about the Bengal tiger and, when I asked if I might have the dream, generously gave it to me. Thank you for letting me use it in this story.

There are spirit guides in my world known as *duendes*, *magos*, *naguales*, *brujos*, *aluxes*, *chaneques*, and literary agents. I am lucky to have two—Susan Bergholz and Stuart Bernstein. Stuart, we are on our magical way. *Adelante con ganas*. Susan, you changed the publishing world with your life work, but I am the most fortunate from this endeavor. *Mil y un gracias*.

The gifted educator Jerry Weston Mathis dream-traveled from the other side to suggest *Martita* should be performed as theater. For this suggestion, and for recognizing my powers early in my career well before I did, you have my gratitude.

Perhaps no one believed in this story as tenaciously as Dennis Mathis, even when it was parked in the driveway, sitting on cement blocks, for years. Thank you, Dennis, for the jumper cables. You are the finest story mechanic I know and my dear, dear friend.

Finally, I must acknowledge my editor of many years, Robin Desser. I have possibly as many pages of editorial notes from you as I have pages of the story. Thank you for your love and labor on Martita's behalf. Above all, thank you for your steadfast faith in me. I look forward to our next literary adventure. Till then, let us celebrate.

A mis antepasados, a la luna llena, a la luz que siempre me vigila, gracias.

Sandra Cisneros

MARTITA, TE RECUERDO

Sandra Cisneros nació en Chicago en 1954. Internacionalmente aclamada por su obra de poesía y ficción, que ha sido traducida a más de veinticinco idiomas, ella ha recibido numerosos premios, incluyendo la Medalla Nacional a las Artes, el premio PEN/Nabokov y una beca de la MacArthur Foundation. Cisneros es autora de *La casa en Mango Street*, *Caramelo*, *El arroyo de la Llorona*, *My Wicked Wicked Ways*, *Loose Woman*, *Hairs/Pelitos*, *Vintage Cisneros*, *¿Has visto a María?*, *Una casa propia*, y *Puro Amor*. Cisneros tiene doble nacionalidad de México y Estados Unidos y se gana la vida con su pluma.

www.sandracisneros.com

Liliana Valenzuela ha traducido obras de Sandra Cisneros, Julia Alvarez, Denise Chávez, Cristina García, Gloria Anzaldúa y muchos otros escritores. En 2006 recibió el Alicia Gordon Award for Word Artistry in Translation. Como poeta, su poemario bilingüe más reciente es *Codex of Love: Bendita Ternura* (FlowerSong Press, 2020). También es colaboradora del podcast www.hablemosescritoras .com. Originaria de la Ciudad de México, vive en Austin, Texas.

www.lilianavalenzuela.com

MARTITA, TE RECUERDO

MARTITA,
TE RECUERDO

Sandra Cisneros

Traducción de Liliana Valenzuela

Vintage Contemporaries

VINTAGE BOOKS

UNA DIVISIÓN DE PENGUIN RANDOM HOUSE LLC

NUEVA YORK

A Susan Bergholz
y
para Dennis Mathis
y Robin Desser

MARTITA, TE RECUERDO

Casi todos los sábados puedes encontrarme en el comedor con mi espátula y mi soplete, una vez que la cocina está limpia y las niñas están en la biblioteca. *En 88 a. C. Mitríades, el rey del Ponto Euxino, estaba en guerra con Roma...* Jenofonte. Las cosas borbotean de no sé qué lugar dentro de mí, como las pegajosas capas de barniz que ataco con el soplete.

El barniz se pela en tercas virutas, poniendo a prueba mi paciencia. No tengo derecho a quejarme. Fue idea mía raspar la madera en lugar de pintar. Todos los apartamentos de Chicago en los que he vivido alguna vez tienen una alacena como la nuestra en el comedor, empotrada en una pared y recubierta de ciento seis años de barniz como capas de hojaldre griego empapado en miel.

En 88 a. C. Mitríades, el rey del Ponto... y entonces tengo que dejar a un lado la espátula, apagar el soplete y rebuscar en el clóset de invierno, más allá de las carpetas de CONTRATO DE LA CASA y CERTIFICADOS DE NACIMIENTOS e IMPUESTOS SOBRE LA PROPIEDAD, buscándote en cartas de donde brotan fotos, una servilleta de papel festoneada, timbres de Francia, Argentina, España, sobres de papel de china enmarcados con las rayas del correo aéreo, la caligrafía apretada y rizada como tu pelo.

Y es como si estuviéramos hablando entre nosotras, todavía, después de tanto tiempo, Martita.

Querida Puffina:

No sé si fui yo quien no contestó tu carta o vos no contestaste la mía. Ya no importa.

Estaba arreglando la cómoda y en un cajón me encontré tus cartas. (Espero que la dirección sea la misma). Entonces me volvió todo, ese Año Nuevo en París y, más que eso, una sensación, un sentimiento... No tengo buena memoria, pero sí recuerdo las emociones.

¿Cuántos días nos conocimos? Ni siquiera sé. Pero sé que te tomé mucho cariño, Puffina. Es lo que sentí de golpe cuando encontré tus cartas.

Quiero que lo sepas. Es todo. Tengo una foto de nosotras —vos y yo y Paola— tomada en el metro en una de esas cabinas automáticas. ¿Recordás? Me alegra tenerla.

Tratar de contarte a vos todo lo que me ha pasado desde entonces me resulta difícil...

Estuve a punto de casarme, pero no pudo ser. Hace poco que rompí el compromiso y estoy un poco triste. Ya pasará.

En mayo regreso a Europa para evitar el invierno argentino. Estaré en Madrid. Acá está la dirección en caso de que todavía estés viajando:

Marta Quiroga Pascoe
A/A Irene Delgado Godoy
Villanueva y Gascón no. 2–3ª
28030 Madrid
España

No sé cuánto tiempo me quedaré ahí. Quizá vuelva pronto
a Buenos Aires. Quizá no. Tengo que rehacer mi vida
un poco, pues ahora es un quilombo. Si Dios quiere,
tendré algunas noticias tuyas. No me olvides.

Te abrazo,
Marta

Ay, Martita, ¿cuántos años han pasado desde que me escribiste?
¿Diez? ¿Quince? No te he olvidado. Ni una sola vez. Esas cartas entre
nosotras, piedritas lanzadas al agua. Los anillos ensanchándose cada
vez más.

Al releer tus cartas esta mañana, se me hace raro volver a oír que me
llamen Puffina. Después de tanto tiempo. No sé dónde dejé a Puffina.
¿París? ¿Niza? ¿Sarajevo? Tantas cosas han pasado desde entonces.

Todavía tengo la copia de esa foto, la que mencionas del metro de Les
Halles. Todas apretujadas en la cabina, sacando la lengua, haciendo
bizcos, Paola achatándose la nariz como un cerdo. Tres poses por
diez francos. Una para ti, otra para mí, otra para Paola. Paola nos
invitó, ¿te acuerdas?

• • •

Habíamos ido de compras de Navidad a las Galeries Lafayette. Toda la tarde mirando y mirando cosas bonitas.

Justo cuando íbamos de salida, los detectives de la tienda aparecieron de repente frente a las puertas giratorias. Nos metieron a empujones al hueco de la escalera, los clientes mirándonos boquiabiertos como peces.

En el sótano, una oficina apiñada con paneles de madera y un espejo polarizado. Hundida en una silla, llora que llora, la abuelita de alguien con henna en el pelo. ¿Qué se habría llevado? ¿Un candelabro? Dónde lo escondió, me pregunté.

Recuerdo haberme puesto brava, porque todavía no sabía sobre Paola. Todo lo que yo traía en los bolsillos sobre el escritorio, como me ordenaron. Mis boletos del metro *carte Sésame*. Kleenex arrugados. La libreta rosa fosforescente que había comprado en el Monoprix. Dos plumones morados. La llave del apartamento de los chicos en Neuilly-sur-Seine. Mi cartera con todo mi dinero francés, billetes y monedas. El pasaporte americano: me aseguré de que lo vieran.

Ni siquiera parpadeaste cuando Paola sacó tres pares de guantes de su bolsillo como una hilera de muñecas de papel. Tres pares de lana barata con las etiquetas del precio todavía puestas: un par beige, uno verde oliva, uno rojo.

Nos dejaron ir con una advertencia y palabras feas golpeándonos la espalda.

Cuando íbamos de camino al metro, Paola dice:

· · ·

—Ay, tengo *molta* vergüenza, Puffina. No por mí, sino por ti y por Marta. Júrame, Puffi, nunca se lo dices a nadie. Promete, te lo ruego.

—Te lo prometo —le digo.

Luego, como para componerlo todo, Paola pagó por los retratos.

Es la única foto que tengo de nosotras, Marta, ¿puedes creerlo? La que nos tomamos después de que nos echaran de las Galeries Lafayette. Cuando llegué a casa a Chicago y mandé revelar mis fotos, todos los rollos de París estaban velados. Ni una sola imagen. Ni de la mañana que te visitamos en Saint-Cloud, ni del Café Deux Magots, ni de la fiesta de Año Nuevo, ni de la despedida en la Gare de Lyon.

Esperábamos a que algo sucediera. ¿No es eso lo que hacen todas las mujeres hasta que aprenden a no hacerlo? Esperábamos a que la vida nos recogiera entre sus brazos: un vals de Strauss, un salón en Versalles rebosante de candelabros. Paola esperando ese trabajo, no cualquier trabajo, no como *au pair* o dependiente de una tienda, sino uno que la salvara de tener que regresar a la casa de su tío a las afueras de Milán.

¿Y yo? Yo esperaba una carta de una fundación para las artes en la Côte d'Azur, para que mi vida comenzara. Todo lo que había ganado trabajando el verano para la compañía de gas iba desapareciendo. Mi cuarto en una pensión cerca de la Place de la République, un antiguo armario de escobas tras el mostrador de la recepción, apenas lo suficientemente ancho para una cama como la litera de un tren. Al fondo

del pasillo, una mini ducha compartida con un calentador de agua que tragaba francos, el dinero que había ahorrado para mis clases se iba por el caño.

Un estremecimiento en el pecho cuando me ponía a pensar en ello.

Pero no podía volver a casa, no podía. No hasta que pudiera decir que era una escritora.

Y tú, Martita. ¿Qué querías? Solo poder decir, cuando regresaras a Buenos Aires:

—*Paris? Oui, oui. Je suis la mademoiselle Quiroga s'il vous plaît, s'il vous plaît, bonjour, madame, merci.*

Cualquier argentino que se precie de serlo sabe que París es el centro del universo. *Je suis la mademoiselle Quiroga. Bonjour, madame. S'il vous plaît.*

J'ai vingt ans. Tengo veinte años. *J'ai faim.* Tengo hambre. *J'ai froid. Froid, froid.* Tengo frío. Frío. *J'ai peur.* Tengo miedo. *Avez-vous faim? Vous avez faim?* ¿Tiene hambre? *Vous avez peur?* ¿Tiene miedo? *J'ai mal au coeur.* Estoy mal del corazón. *J'ai très peur.* Tengo mucho miedo.

Bravo, Martita. Estamos tan orgullosas de tu francés. Tú hablando con tu mamá desde el teléfono público descompuesto que nos deja llamar gratis a casa. Todos los latinoamericanos de París haciendo fila y esperando para decir:

—Próspero Año Nuevo. *Bonne nuit.* Te extraño. Por favor, no llores. *Merci beaucoup.* Te quiero mucho. *Bonsoir.* Hace frío, frío.

Esperamos nuestro turno y te observamos lucirte con tu francés, trinando como un pájaro con tu mamá en Buenos Aires.

—*Bonjour, madame Quiroga* —Ese perfil bonito tuyo, la mitad de un paréntesis algebraico—. *Bonjour, madame* —Martita gorjeando como una nativa.

Paola también tiene una naricita respingona, como la tuya, pero ella tuvo que pagársela.

—¿Cómo crees que se veía Paola antes?

—No sé. No conocí a Paola con su antigua nariz.

Paola, Martita y yo caminando por los Champs-Élysées del brazo, como caminan juntas las mujeres en Latinoamérica para indicar a los hombres que somos buenas chicas, déjennos en paz, ¡váyanse al diablo!

—Corina, canta la canción de Puffi —ordena Paola—. *Per favore.*

—Pero tú te la sabes mejor que yo —digo—. Yo ni siquiera sé qué es lo que estoy cantando.

—Por favor, Corina, cantá —dice Marta.

Y canto la canción que me enseñó Paola, como si fuera un loro adiestrado, sin entender las palabras y las que sí me sé todas chuecas y en el

lugar equivocado. Y Paola se ríe cuando me oye cantar la tonadilla de una caricatura de la tele. Y ahora, como me pongo a cantarla cuando me lo ordena, insiste en llamarme Puffina en lugar de Corina. Dice que soy bajita como los personajes de Puffi, de la altura de dos manzanas.

Chi siano non lo so
Gli strani puffi blu
Son alti su per giù
Due mele o poco più

Martita y Paola, bronceadas y bonitas. Una gatita atigrada y un palomino dorado. Las conozco en la peña, una fiesta latinoamericana en 1 rue Montmartre, planta baja, al fondo. Un salón húmedo, más alto que ancho, que apesta a humo, moho, vino tinto, caño y pachuli. Silvio Rodríguez desde una casetera. Las luces cubiertas con gel y nuestras caras resplandeciendo rojas como un cartel de Toulouse-Lautrec. La gente sentada por todas partes, hasta en el piso. Hay que tener cuidado de no pisar a nadie.

—Esta es Marta y esta es Paola.

¿Quién nos presenta? ¿Los músicos peruanos? ¿Los chicos de Neuilly?

—Esta es Marta y esta es Paola.

Al principio llamo a Marta, Paola y a Paola, Marta.

—¿Paola?

. . .

—No, soy Marta, ella es Paola.

La colegiala en un saco a cuadros con capucha eres tú, Marta. De Buenos Aires. Un garabato de rizos castaño rojizos esconde una cara salpicada de pecas. Los ojos transparentes como cebollas perla. Una risa que te tapas con las manos como si hubieras tenido los dientes chuecos cuando eras niña.

La potrilla mandona en *tweed* y con fedora de fieltro, nuestra Paola, lista para salir trotando. Una rubia teñida con una melena que se sacude todo el tiempo sobre el hombro para que la gente crea que tiene clase. Una italiana del norte con el río Po en los ojos, de un verde lanudo y un marrón lodoso moteado de ámbar.

¿Y yo? Al llegar a París me corté el pelo tan corto como un muchacho. Llevo un arete de pluma de gallo y una bufanda larga enredada dos veces al cuello como la gente del lugar, pero de nada sirve. Todavía parezco lo que soy. Un pájaro que olvidó cómo volar.

Martita, me hablas en ese español de los argentinos, ese sonido que hacen las llantas en las calles después que ha llovido. Paola habla español e inglés e italiano, todo al mismo tiempo, un revoltijo de palabras que vuelan como chispas, las sílabas sacadas de un tirón sin advertencia.

—¿Acaban de venir de la costa? —pregunto, porque ustedes dos están tan glamorosamente bronceadas.

—Estuvimos en Ginebra, esquiando —dice Paola antes de que tú puedas contestar, y se miran entre sí y se echan a reír.

. . .

No es sino hasta después de la peña, cuando estamos esperando el metro, que Marta me dice:

—Esa historia que te contamos sobre el esquí no es verdad. Trabajamos en un salón de bronceado. Solo hacemos el cuento del esquí para que la gente crea que somos ricas.

Hay un agujero en mi corazón como si alguien lo hubiera perforado con un cigarrillo, atravesándolo hasta el otro lado. Lo que empezó como un piquete de alfiler es ahora tan grande que cabe un dedo. Cuando está húmedo afuera, me aprieta igual que estos zapatos por los que pagué demasiado en el Barrio Latino.

Está ahí cuando inhalo una bocanada de aire frío, exhalo una bocanada de aire tibio.

Camino por el rumbo de Notre-Dame casi a diario, pero no entro. No me gustan las iglesias cuando están llenas de gente. Así me pasa. Ciertas cosas prefiero disfrutarlas en privado. Bailar. O escuchar música. Admirar una pintura o una nube.

Cuando llegan las lluvias de octubre, el viento del mar del Norte me da un dolor de oído como un picahielos. Es entonces que desisto de mis caminatas por el río y me meto en mi madriguera. Cambio las bancas del parque en el Sena por el metro.

En la estación de Concorde, ocho peruanos con tambores de piel de cabra y flautas humeantes. *Corazón no llores*, atiplado y triste. Les doy

todo el cambio que tengo, los *centimes* tintineantes así como las gruesas monedas marrones de diez francos que te agujeran el bolsillo, porque da tanto gusto escuchar el español, seguro y tierno y dulce. *Corazón, no llores... no llores, mi corazón.*

Los peruanos me preguntan que de dónde soy, me ofrecen cigarros, me recomiendan la cafetería de la universidad como un lugar barato donde comer. Entonces me invitan a la fiesta latina en 1 rue Montmartre.

—Somos muchos en París. Ven a la peña esta noche. Ya verás.

Muy pronto conozco a todos los artistas del *underground*. Javier, el mago de Montevideo. Raulito y Arely, los bailarines de tango de Lima. Los hermanos Yamamoto, que viajan de Porte de Vincennes a Les Halles y tocan exclusivamente canciones de los Beatles. Meryl, el percusionista afroamericano de Frisco. Al, de Liverpool, que no sabe cantar, pero canta de todos modos. Los titiriteros argentinos Carlitos y José Antonio.

—Ya llevamos acá dos años —dice Carlitos—. No está mal. Vos podés conseguirlo. Vos podés.

Carlitos es idéntico a su marioneta, ¿se da cuenta del parecido? Como un oso negro desaliñado que se escapó del circo. Lo único que le falta es el bozal. José Antonio está tallado de puro alabastro. Una llama pálida de hombre, con una barba como un Jesús de El Greco.

—Los números están planeados para que duren el tiempo de una parada a otra, ¿sabés? Nos bajamos en una de las estaciones de trans-

bordo. Opéra. Les Halles. Odéon. Tomamos el tren en dirección opuesta. Y así todo el día. No está mal. No está mal.

Viajo con ellos y los observo. Carlitos se sube al vagón por una puerta y José Antonio por la otra. Carlitos y su marioneta de oso dan pisotones por el pasillo, el oso asomándose en las bolsas de las compras, mirando por debajo de las faldas, rascándose el trasero al frotarse con un poste.

La gente empieza a reírse y a mirarse unos a otros. Los ciudadanos del metro no suelen mirarse entre sí y *nunca* sonríen, al menos no a mí.

Al otro extremo del pasillo, José Antonio sigue como una sombra a la marioneta de mosquetero que sostiene una red para cazar mariposas. Los niños aplauden como si estuviéramos en el parque y no en un vagón del metro. Hasta los adultos se ríen entre dientes. Cuando el mosquetero finalmente atrapa al oso, el vagón entero rompe en aplausos.

Como José Antonio puede hablar un francés florido, pasa su cachucha de lana raída por el vagón.

—Gracias de todo corazón... hermosa *madame*... amable señor...

—No está mal. Yo te puedo enseñar —promete Carlitos, tomándome de la mano y sosteniéndola por demasiado tiempo antes de que yo la retire.

Si llega una carta de la fundación para artistas en la Côte d'Azur antes de que se me acabe el dinero, quizá pueda quedarme en Europa hasta

fines de enero. Pueda vivir donde una vez vivieron los artistas verdaderos. Isadora Duncan. Matisse. Fitzgerald. Hemingway.

Si consigo que el dinero me dure un poco más de tiempo, no tendré que volver a casa todavía. Solo un poco más de tiempo, solo un poco más.

Pero cuando llamo a Chicago desde el teléfono público descompuesto que te deja llamar gratis a casa, mi padre grita:

—Ya ni la amuelas, Corina. Regresa a tu casa ahorita mismo.

—No se oye, papá. Hay estática en la línea. Lo siento, ¡no te escucho! Adiós, adiós.

No le digo a mi padre que no me gusta París. Es invierno y hace frío. Y no les caigo bien a los parisinos. Soy morena como una tunecina. Con esta nariz árabe, me toman por norafricana o italiana del sur, o *la grecque, la turque.* Y no he conocido a ningún otro escritor, solo a artistas que trabajan en el metro como titiriteros o músicos o cantantes aun cuando no saben cantar.

Me he armado de todo mi valor para llegar tan lejos. No puedo volver a casa todavía. Porque casa significa paradas de autobús y vitrinas de farmacia, vendas de elástico y pasadores para el pelo, bolígrafos de plástico, cojinetes de fieltro para los juanetes, pinzas, veneno para ratas, linimento para herpes labiales, bolas de naftalina, limpiadores de caños, desodorante. Renuncié a tres empleos para llegar hasta aquí. No puedo volver. Todavía no, papá, todavía no.

· · ·

Estoy esperando a que algo pase. Mi papá no recuerda que, cuando él tenía mi edad, salió vagabundeando hacia el norte desde México y acabó en una ciudad llena de nieve sucia.

Solo un poco más de tiempo. Solo un poco más. Mi corazón resollando como una armónica.

Los chicos falsifican la fecha de caducidad de mi pase del tren cuando este expira.

—No te preocupes, mi reina. Nosotros te lo arreglamos. Lo hacemos todo el tiempo.

Con un poco de tinta blanca y el toque de José Antonio, se ve bastante bien si no se lo mira a trasluz.

—Recordá —dice José Antonio—. No dejes de hablarle al conductor cuando lo vea.

—¿Qué le digo?

—Hacele preguntas —dice Carlitos—, coqueteá, besalo. Tratá de no parecer preocupada o te delatas.

No recuerdo cómo conocí a Carlitos y a José Antonio. ¿A ambos al mismo tiempo o primero a Carlitos? Quizá a través de los peruanos o quizá en 1 rue Montmartre, o lo más seguro es que Carlitos se me acercara en el andén del metro. Quizá vio mi cara de Marruecos y como dije que no hablaba francés, me empezó a hacer preguntas y

descubrió que hablaba español e inglés. Y él es de Buenos Aires, ¡mirá vos!

Cuando me invitan a quedarme a vivir con ellos sin pagar renta, me parece una buena idea, porque mi dinero se está esfumando a una velocidad increíble y porque no creía que París iba a ser tan caro. Y si me llegara una carta de la Côte d'Azur, sabría si me puedo quedar o si tengo que volver a casa.

—Podés quedarte con nosotros el tiempo que quieras. Un día llamaremos a tu puerta y tú harías lo mismo por nosotros, ¿cierto?

Así es como llego a compartir un estudio con los chicos en Neuilly-sur-Seine. Duermo en el piso entre Carlitos y José Antonio en un colchón de hule espuma que desenrollamos todas las noches bajo un dosel de marionetas. Un pequeño cuarto con una cocineta y un baño miniatura como el de los aviones. Toma la línea de Pont de Neuilly después del Arc de Triomphe y te bajas en la última parada. Se puede ver el Arco a la distancia, pero solo si te paras afuera. La única ventana del estudio da a un patio interior oscuro. Es un edificio de apartamentos en la esquina que desemboca de una calle que se deletrea casi como "poison", que en inglés sería veneno, pero en francés quiere decir pez.

En el refri, un poco de queso, algo de mantequilla, siempre la misma dieta de sándwiches de jamón. Uno de nosotros se encarga de ir a la panadería por la baguette diaria.

—Los sándwiches de jamón son económicos, ¿viste? —dice Carlitos entre mordidas y migajas que descansan en la incipiente pelusa de su barbilla.

Miro hacia otro lado mientras él mastica, sus dientes azules mascando y mascando. Su cabello seboso. Incluso el blanco de sus ojos está sucio, descolorido como sábanas viejas, como la gente que vive en chozas y cocina en fuegos de leña.

Cuando es mi turno de ir a la panadería a recoger la baguette del día, intento gorjear un poco de francés, pero las dependientes echan risitas y comentan entre sí y se burlan. Ese día les doy a Carlitos y a José Antonio mi parte del dinero y les ruego que por favor nunca me vuelvan a enviar.

Llegan seis chicas de Barcelona.

—Viajaron todo el día en tren, están cansadas. Les dije que se podían quedar —le dice Carlitos a José Antonio—. Y quién sabe, quizá un día necesitemos un sitio donde quedarnos en Barcelona, ¿no?

Los chicos inflan colchones de aire, desdoblan cobijas, tienden cuadrículas de hule espuma. Somos nueve cuerpos en ese cuartito que apesta a pies, a sobacos y a ingles.

—No, no, quédense. No hay ningún problema, en serio. Ustedes harían lo mismo por nosotros, ¿verdad?

Es demasiado tarde como para hacer algo al respecto. Todo el mundo está exhausto. Las seis chicas de Barcelona, los chicos, las marionetas, yo. El cuarto silba como una tetera hirviendo. Estas españolas son grandotas. Como se quedan dormidas primero, se estiran y traspasan

sus límites originales. Duermen el sueño de las salamandras, en "eses" rizadas.

A media noche sueño que alguien me aprieta una pistola contra la sien, pero cuando despierto veo que solo es el codo de alguien.

No puedo dormir. Es algo tan loco que me río a carcajadas en medio de esa ruidosa oscuridad, donde solo las marionetas colgadas encima escuchan.

Una noche cuando Carlitos está fuera y yo estoy dormida, una de las manos largas y delgadas de José Antonio me atraviesa el estómago, una mosca avanzando lentamente sobre mi piel. Sus dedos hacen pequeños círculos que queman dando vueltas alrededor de mi ombligo.

—¿No querés ser mi amante?

José Antonio es así porque es bonito, alto y de extremidades humeantes como un espejismo. Yo mantengo los ojos cerrados, sin decir nada, porque no estoy segura de qué es lo que quiero. Después de un buen rato, cuando ve lo tiesa que estoy, se cansa y me deja en paz.

Otra noche, a la hora de dormir, Carlitos y José Antonio hablan entre sí como si yo no estuviera ahí:

—Un culo en forma de corazón. Un culo divino, che. No te miento.

—¿Te la cogiste ya?

—Todavía no. Pero este fin de semana, hermano, te me desaparecés.

—¿Y Marta?

—Toda tuya.

Cierro los ojos, respiro hondo para quedarme dormida más rápido. Las marionetas colgando del techo. Las manos errantes de los titiriteros. Todas mis células con un ojo en el centro sonámbulas al principio hasta que me canso, hasta que ellos se cansan, hasta que alguien se da por vencido.

Martita y Paola dicen que me puedo turnar quedándome en sus casas.

—¿Se están portando mal esos pibes? —me pregunta Marta.

Paola es más directa.

—Puffina, *cara*. ¿Que no sabes que cualquier cosa gratis de un hombre es *sempre* más caro?

Los jefes de Paola van a visitar a sus familiares durante los días festivos y ella tendrá el apartamento para sí sola. ¿Puedo esperar hasta entonces? Mientras tanto, puedo quedarme con Marta.

—De verdad, no es ninguna molestia, Puffina. Podés quedarte ahora.

Cuando me mudo del apartamento de los chicos en Neuilly-sur-Seine, José Antonio dice:

—Felicidades. Sos la única mujer que ha dormido aquí a quien no nos hemos cogido.

No sé qué decir, así que no digo nada. Solo me pregunto sobre las seis españolas.

Martita renta un cuarto en 11 rue de Madrid, estación del metro Europa. No los cuartos que dan a la calle, sino los que están al fondo. Primero debes cruzar un patio húmedo hasta el oscuro hueco de la escalera, luego subir seis tramos de escalones.

Te duele el costado para cuando llegas al cuarto tramo, y el barandal es viejo y de fierro. Alguien ha dejado un trapeador en una cubeta de agua sucia en el rellano.

El apartamento de Marta está hasta arriba, un cuarto sin ventanas excepto por un pequeño tragaluz que se abre con un palo, y ninguna cerradura en la puerta excepto por un clavo torcido; y no hay ningún baño, solo un retrete al final del pasillo. Un retrete que siempre huele a pipí.

—Bienvenida al Hoyo Negro de Calcuta —dice Marta—. Podés quedarte acá tanto tiempo como quieras, Puffina, no te preocupes. De verdad está bien.

Dormimos pie contra cabeza en una cama angosta con un colchón ahuecado en el medio como una canoa. Así y todo te despiertas con la columna torcida en forma de signo de interrogación, pero Marta no se queja.

. . .

La verdad es que no le importa, porque:

—Para qué querés pagar tanta plata por un sitio donde solo dormís, ¿verdad? Pues, yo qué sé —dice Marta, encogiéndose de hombros.

Por la noche las puertas se azotan. Pasos en el pasillo. Alguien tosiendo al otro lado de la pared. Nunca me encuentro con ningún vecino en todo el tiempo que estoy ahí. Solo los pasos, la tos. Una ambulancia ululando a lo lejos. La televisión de alguien murmurando un rosario.

Martita, no te digo que me da miedo quedarme aquí con la tos al otro lado de la pared, la oscuridad y ese baño del pasillo. Cuando tengo que ir a hacer pipí a media noche me aguanto y me aguanto y me aguanto, hasta que al día siguiente tengo cistitis. Martita, no me hagas reír o me voy a hacer pis en la cama, y luego ¿qué hacemos? Me da miedo la oscuridad. Me da miedo París. *J'ai très peur.* ¿A ti también te da miedo a veces?

Y es como si tu cuerpo ya no fuera un ancla o una campana de hierro, es solo tu espíritu tan ancho como el cielo, como si mil gorriones abrieran las alas dentro de tu corazón y, ay, es hermoso, Puffina, hermoso. Como si nunca fueras a sentirte sola otra vez.

Un día subo los seis tramos de escalones buscando a Marta y ella no está en el Hoyo Negro de Calcuta. No está en ningún lado, hasta que se me ocurre buscarla en el baño. Marta de los ojos grises, cara de Botticelli, arrodillada sobre el retrete, una mano deslizando

un trapo distraídamente alrededor de la taza, el cuarto apesta a desinfectante.

—¡Marta, deja que te ayude!

—No, está bien. Luego me lavo las manos. Me cansé del olor a orín de gato de los demás.

Marta trabaja en Le Roi Soleil, un salón de bronceado muy chic en Avenue de Wagram que incluso apareció en la edición estadounidense de *Vogue*. Consiguió el trabajo fácilmente porque es tan bonita.

Tiene que conducir a los clientes a su cuarto de bronceado privado y llevarles toallas blancas y aceite en una charola, y ponerles aceite en la espalda si se lo piden, que para eso le pagan.

Pero cuando el salón se incendia debido a un corto circuito en una de las lámparas, el dueño le echa la culpa a un descuido de Marta, y esa mañana, un domingo, Marta regresa al Hoyo Negro de Calcuta llorando mientras todavía duermo.

Llevas puesta una falda de tul color bronce salpicada de lentejuelas doradas, una faldita de tutú de baile caída que apesta a humo del incendio en el salón. El susurro cuando cae en el suelo. Cuando te vas al baño, toco la tela, las pequeñas lentejuelas doradas. *Dónde conseguiste una falda como esta*, pienso.

Pero cuando te pregunto pones la cara entre las manos y aúllas. Tengo que abrazarte y decir:

—Ya, ya, ya, no llores, Martita, por favor no llores.

Estoy esperando a que algo suceda. Algo siempre sucede en París. París con sus candelabros y sus palacios. París del champán y de la luna. Estoy esperando algo más grande que mi vida. Una carta de la Côte d'Azur.

He estado esperando toda mi vida.

En Chicago también es invierno y hace frío como aquí. Mi padre está llegando a casa del trabajo con tachuelas pegadas a las suelas de sus zapatos y pelusa de algodón por todo el suéter y el cabello. Tiene un agujero en el bolsillo para el martillo. Hay un sofá con todo el relleno desbaratado sobre caballetes de madera y retazos de tela en el piso. Hay una cretona estampada de flores pegada a la ventana con cinta de enmascarar para impedir que la gente que pasa mire adentro.

Mi padre está barriendo los retazos y el relleno de sofá y las tiras largas de cartón con grapas. La engrapadora y la pistola de aire caliente colgadas de cables en espiral del techo. Mi padre está cosiendo a mano un cojín con una aguja curva y larga, o está cosiendo a máquina. O tiene la boca llena de tachuelas y su pequeño martillo dice *tac*, *tac*, *tac*.

Cuando era niña, siempre me quedaba boquiabierta cada vez que mi padre se ponía un puñado de tachuelas en la boca, como si fuera un tragasables o un tragafuegos. Me ponía una tachuela en la boca cuando él no estaba mirando y luego la escupía. *Tac, tac, tac*, dice su

martillo. Mi padre tararea o masculla el nombre de mi madre una y otra vez como un hombre que se ahoga.

Si pasas el dedo sobre un globo terráqueo por la misma latitud o cercana a Chicago: París, la ciudad donde me estoy quedando con Martita en su cama-canoa. Nos damos baños de esponja frente al calentador de butano que me da dolor de cabeza. Hace tanto frío que tenemos que poner la bañera de plástico morado justo enfrente del calentador, tiritando mientras nos bañamos, caminando hasta el final del pasillo para rellenar o vaciar la cubeta, manchas de agua en el piso de madera empolvado. Una y otra vez.

Llueve una lluvia fría hoy. Martita y yo con el pelo envuelto en toallas, pintándonos las uñas de los pies. Marta me cuenta de un hombre llamado Ángelo, de quien estaba enamorada en Buenos Aires. Como cuando haces el amor con alguien, nunca es igual que con ninguna otra persona, ¿no? Como cada vez que haces el amor con alguien, es siempre completamente distinto, ¿verdad?

Y yo le digo:

—Martita, nunca he hecho el amor.

—¿Nunca? ¿Ni una vez siquiera?

La lluvia en el tragaluz hace pequeños sonidos suaves y la toalla tibia enredada en mi pelo, y los dedos de mis pies que se van pintando de rojo.

• • •

—Ay, Puffina, es como debería ser la religión. Como cuando el sol brilla a través del vitral más bonito de la iglesia y *sabés* que Dios no está dentro de ese edificio, está dentro de vos.

»Es el momento en que vas al Louvre a ver a la *Mona Lisa* por primera vez. Sabés lo sorprendida que estás de descubrir que ella es tan... pequeñita... rodeada de toda esa gente amontonándose para conocerla. Pero ella no los está viendo a ellos, está mirando hacia la entrada, porque te espera a vos. Y cuando sus ojos se encuentran con los tuyos, es ese instante, esa sonrisa que te regala porque está contenta de verte. Es a vos a quien ha estado esperando y vos también te sentís contenta.

»Es como aquel día en que los conductores de la ambulancia me alzaron cuando me atropelló un auto, de niña. No te rías, Puffina. Así es, te lo juro. Suave, muy suavemente como si fuera de cristal. Así me alzaron. Ay, por favor. Fue hermoso que me sostuvieran así. Como si todas las cosas tristes y alegres que me pasaron alguna vez, todo lo feo y dulce y ordinario y maravilloso, se arremolinara en algo único.

»Y él conocía todos mis secretos y mis tristezas. Mi corazón se encendió dentro del suyo y el suyo dentro del mío como el Sagrado Corazón. No me refiero al orgasmo, Puffina. Me refiero a algo más grande. El vos-vos disolviéndose, como una gragea en la lengua. De modo que ya no sos vos y él, ni esto ni aquello. Sos todas las cosas que conociste y todas las que no, y no hay palabras para describir ninguna parte de ellas y de todas formas no hay necesidad de palabras.

»Y es como si tu cuerpo ya no fuera un ancla o una campana de hierro, es solo tu espíritu tan ancho como el cielo, como si mil gorriones

abrieran las alas dentro de tu corazón y, ay, es hermoso, Puffina, hermoso. Como si nunca fueras a sentirte sola otra vez.

Me pone de malas contar el dinero cuando me pongo a ver lo poco que me queda. Trato de no pensar en ello. Cada día tengo menos y menos, el dinero escurriéndose como en los teléfonos públicos franceses donde dejas caer las monedas en la máquina y las ves caer a todas con un clic por los conductos de plástico como una cascada. El teléfono traga y traga, quiere más y más francos. Pero no quiero volver a casa. He venido desde tan lejos porque París es la ciudad de los sueños. Todavía no, todavía no, todavía no.

Martita, me gusta como dices "Beaubourg".

Ahora yo también sé cómo decirlo.

—Nos vemos en el Centro Pompidou en Beaubourg.

Una de nosotras siempre a tiempo y las otras dos siempre tarde. Paseamos por ahí y compramos bolsas de *pommes frites*, las manos frías, las pequeñas bolsas de papel grasosas y tibias, o una *crêpe* pegajosa de un vendedor callejero. Miramos en los aparadores las cosas que no podemos comprar.

En Chicago, mi familia está haciendo tamales para la Navidad. Remojan las hojas de maíz en palanganas de agua para suavizarlas. Hay un aroma a carne de puerco cociéndose en la olla exprés de mi

mamá. Mi mamá organiza a toda la familia en una producción en cadena que requiere de manos a la obra, tías y tíos y primos y niños, algunos a la mesa untando con cuchara la masa en las hojas de maíz, otros agregando los rellenos, lo dulce y lo salado, luego amarrándolos con tiras de hojas de maíz como si fueran regalos de Navidad.

Me imagino a mi familia chismeando mientras trabaja. Se ríen a mis costillas, te lo apuesto. Mi mamá está contando una historia en la que aparezco sosteniendo una copa de champán en una mano y una pluma en la otra. Me imagina contemplando París desde lo más alto de la torre Eiffel, aunque ni siquiera me alcanza para subir a la torre de observación del segundo piso.

Yo en la ciudad de los sueños.

Solo mi papá se guarda sus pensamientos, la boca callada.

En Nochebuena nadie nos invita a cenar. Marta y Paola y yo nos encontramos en Beaubourg con una bolsa de papel de nueces de Castilla, un *demi-kilo* de mandarinas, una barra de chocolate suizo. Miramos por los escaparates iluminados. Una tienda hindú repleta de mascadas de gasa con flecos, tiras de piel con cascabeles de latón, incienso de pachuli, canastas de mimbre, sillas de ratán. Una mujer vende castañas asadas. Puestos al aire libre con enormes gansos cubiertos de plumón colgados de las patas, cuellos flácidos, faisanes con todo su plumaje. Enceradas ruedas de quesos tan cremosos como lirios cala. Chocolates envueltos en papel de estaño dorado. Naranjas sanguinas de España, plátanos verdes y mangos de Senegal, aguacates de Israel, pistachos griegos. Tulipanes plumosos del color de los flamencos con gruesos tallos verdes. Tiendas con camisolas de seda y

papel perfumado para cajones, jabón que huele a claveles, pequeños racimos de lavanda atados con un listón, una pantalla de lámpara en forma de parasol color durazno, una cama de hierro blanco con un cobertor antiguo, y las sábanas con trabajo calado y orillas de encaje de Battenburg y relojes despertadores de Marilyn Monroe.

—¡Mira, mira, Martita!

Me entierras la cara en el hombro y me dices:

—Por favor, ¿podemos irnos ahora? Tengo tanto frío.

Me voy del Hoyo Negro y me mudo con Paola durante los días festivos mientras sus patrones están de viaje en Cerdeña. Marta también se muda del Hoyo Negro gracias a un trabajo como *au pair* en Saint-Cloud. Un trayecto largo al final de la línea del metro, luego otro tren y luego un autobús. Vamos un sábado por la tarde, yo y Paola, Marta guiándonos.

La torre Eiffel diminuta y lejana desde la ventana de la cocina donde Marta pica zanahorias, brócoli y chícharos para hacer una papilla verde y fea para la bebé. La bebé es una muñequita *kewpie* coreana con cabello como peluche, una gota gorda de miel que apenas aprendió a sostener la cabeza. Tomo una foto de Marta y la bebé en el balcón. Marta besa y besa a la bebé, y la bebé la deja.

El apartamento de Paola queda en 7 rue des Innocents, estación del metro Châtelet. El domingo caminamos por el Boulevard St. Ger-

main porque Paola me ha prometido llevarme a Les Deux Magots. La última vez, yo acababa de comprar un cuaderno nuevo de tapa dura moteada de negro y amarillo con una pluma fuente moteada que le hace juego, el papel de buena calidad con rayas finas cuando lo miras a trasluz, como las etiquetas de las botellas de vino. Pero no llegué a entrar al café, aunque me imagino a mí misma sentada a una mesa junto a una ventana, ordenando un *café au lait* y escribiendo en mi cuaderno nuevo con mi pluma nueva.

He caminado por Les Deux Magots con otros cuadernos, otras plumas, pero nunca entro. Les tengo miedo a los meseros. Les tengo miedo a los clientes sentados a la ventana mirándome.

Pero Paola no se da cuenta o no le importa. Me empuja por la puerta principal y me zambute en una silla, ordena por ambas. Vemos a los franceses mirándonos con caras de aburrimiento, sus cigarrillos y sus perros. Aquí no nos quieren.

Paola me cuenta la historia de cómo llegó a París con la esperanza de convertirse en modelo. No debió haber tenido ningún problema, patilarga como un pura sangre y bonita.

—Pero fotógrafos te tratan como su *puttana*. Dicen que yo soy gorda en fotos, que debería tomar pastillas, que mi nariz fea, *e cose così*.

Ella enciende un Gauloise, sacude la melena platinada y, sin saberlo, se ve como una foto de Brassaï. Allá en su tierra, su tío, que come la cena recostado en un sofá como un césar, dice que ella *è una pazza* por malgastar dinero en tonterías como una nariz nueva cuando la que tenía antes era *splendida*, como la suya.

. . .

—¡Mi tío! No puede esperar hasta decirme, Paola no logra éxito en *sua vita*. No, Puffina. Yo no *ritorno* hasta que aprenda *il francese vero*. Entonces tal vez puedo encontrar trabajo de intérprete o de guía de turistas, o ¿qué se yo?

A la Paola de antes de la nariz nueva le dieron permiso de ir a París sola, siempre y cuando se quedara con su primo Silvio.

—*Perché*? Porque Silvio es *famiglia*. Primo *secondo*, pero *famiglia*. Me dijo que me podía quedar hasta encontrar trabajo, *nessun* problema. Luego, *Mamma mia...* me fui tan pronto como pude correr, ¿eh? *Capisci?*

Pone los ojos en blanco y levanta las cejas a modo de explicación, y yo asiento y le hago creer que lo capto. Paola es de la misma edad que yo, pero soy una tontita en comparación.

—Pero si mi tío supiera qué tipo de bárbaro es Silvio, nunca me hubiera dejado ir. Pero no lo sabía, ¿no? Silvio me mira, ¿y qué ve? Que soy una idiota. Dormimos en misma cama porque solo hay una, en un cuarto e, *in ogni caso, ¿cómo no confías en mí, en tu propio primo?*

»Él es tan mayor, ¿y yo qué digo? Una noche una de sus *ragazzas* también está en la cama y yo, con miedo, hago que duermo porque *I'm a stupid girl*. Ellos haciendo ruiditos como cerdos junto a mí, como si a mí me gustara. Me quedo hasta *al mattino*, hasta que tengo suficientes francos en mi bolso. ¿Adivina dónde los encuentro? *Ecco! I go.*

. . .

A Paola le gusta decir que es de Milano, pero no es así. Es de un pueblito a las afueras de la ciudad llamado San Vittore, un lugar que a mí me suena bonito.

—Pero, no, no es así, Puffi. No puedes ir a ninguna parte sin embarrarte los zapatos de *merda*. Y en invierno *fa molto freddo*, ni te imaginas. Duermo en *il divano* cerca del calentador y aún así... El perro atado a la cerca en el patio del *vicino* ladrando toda la noche. Las ventanas sucias. Mis zapatos sucios. El colchón de resortes oxidados y las bicicletas y el metal en el jardín. *Tutto grigio, sempre grigio*.

»Cuando crees que es *impossibile* vivir un día más con neblina e invierno y *grigio*, cuando te vuelves loca y vas a hacer *suicide*, *voilà*! Es primavera. Y allí, por encima de toda esa fealdad tan fea, tan cerca que crees que los podrías tocar, Puffina: los Alpes.

Los argentinos han organizado una fiesta de Año Nuevo. Han rentado un salón cerca de la Bastilla y todos vamos a ir. Todos menos Marta. Pero, a última hora, ella también viene.

Nos amontonamos en el Citroën amarillo de la nueva novia de José Antonio, una mujer con esa piel transparente que tienen las mujeres de pelo cobrizo, arrugas tan finas como hilos de seda, el tipo de cara de a quien le dan jaquecas. José Antonio la presenta como una actriz porteña. Su cuello muy derecho y orgulloso mientras maneja, como si fuera una bailarina de flamenco.

Hace frío afuera. Un frío seco. Hasta la luna se ve fría y lejana. El pequeño agujero en mi corazón está quebradizo y chamuscado.

Manejamos por calles vacías, altas bardas de madera, edificios oscuros. Es raro ir en carro. Damos vueltas y vueltas por una glorieta amplia.

—Acá es donde estaba la Bastilla —dice José Antonio.

—¿Dónde?

—Acá.

Pero acá no hay nada más que un gran círculo baldío. El carro da vueltas y vueltas, muy rápido, como un carrusel mareado.

Nadie camina por las calles. Todo está cerrado y tapiado. De pronto, las vitrinas de una tienda de lámparas brillantes con candelabros.

—*Guarda, che bello!* —dice Paola.

Y por un instante el hoyo en mi corazón deja de silbar.

El Citroën amarillo va a toda velocidad por aquí y por allá, bajando por un callejón y subiendo por otro, un juego salvaje de gallinita ciega. Nos estacionamos sobre la banqueta igual que todos, empujamos una cerca de madera. Un patio sin luz y el olor pegajoso a carne friéndose. Entramos arrasados por una multitud que empuja para entrar.

El salón que han rentado los argentinos está tan frío como una gasolinera, los techos tan altos como un hangar y las luces fluorescentes que nos endurecen la cara. Paredes de concreto y pisos de concreto

de un color que no tiene nombre. ¿Color mastique? ¿Gris subma-
rino? ¿Verde chícharo? Como si la guerra acabara de terminar.

Hacemos fila para comprar nuestros boletos, todo el mundo paga su
propia entrada, menos la actriz que paga por José Antonio. Carne
asada en un asador al aire libre, el cocinero sudando. Un boleto
rojo para el vino y uno verde para la carne. Pero hoy hace tanto frío
afuera que las estrellas ni siquiera guiñan. Mesas plegables. Sillas de
metal plegables contra nuestros vestidos finos. Nos dejamos puesto
el abrigo y los guantes mientras comemos. Platos de papel y cubiertos
de plástico. Vino del mismo color de la sangre que suelta la carne.

Están tocando discos de tango. Todo el mundo se pone de pie para
bailar. José Antonio con su actriz, Carlitos arrastrando a Paola.
Los bailarines se mueven en un gran círculo en sentido contrario a
las manecillas del reloj, el sonido de sus pies barriendo el piso: un
pequeño rezago, un desliz, un tirón, los movimientos del engranaje y
la rotación del interior de un reloj.

Incluso con el abrigo puesto, estoy tiritando. Juro que puedo ver mi
aliento. Llevo puesto el vestido Fiorucci verde oliva que compré de
oferta. Es el único vestido bueno que tengo. La última vez que me lo
puse, un motorista que pasaba por ahí paró y me dijo algo. Su francés fue un listón azul, yo no sabía dónde terminaba una palabra y
comenzaba la otra.

—*Désolée, je ne comprends pas, désolée, désolée.*

Al principio creí que quería que le diera indicaciones, pero cuando me
di cuenta de que pretendía que me subiera a su carro, salí corriendo
de ahí. Nunca me volví a poner ese vestido hasta ahora.

. . .

—Diles que duermes con tu *mamma* —dice Paola—. Siempre me dejan en paz cuando les digo eso.

Platos de papel ensangrentados, huesos de bife tan grandes como nudillos. El agujero en mi corazón punzando cuando tomo aliento y cuando lo suelto.

—Acompáñame —dice Martita—. Por favor, no me dejes sola esta noche.

Martita se desabrocha su abrigo de lana con capucha de diario para mostrarme el bonito crepé negro que lleva debajo.

—Compré zapatos nuevos, ropa interior nueva y medias también. Gasté demasiado, lo sé, pero me invitaron a una fiesta muy elegante esta noche, Puffina. Un chico francés con quien antes salía me invitó a su casa. Pero peleamos a última hora.

»Ayer lo llamé para preguntarle a qué hora debía esperarlo. Dijo que no tenía tiempo para eso, que yo debía ir sola, y luego me escuché decir, *Pues si no me recoges, no voy,* y él dijo, *Vale.* Así nada más. Eso fue lo que dijo.

»Iba a haber champán y música en vivo y todo. Se suponía que yo iba a conocer a su familia. Nunca me habían invitado a su casa. ¿A vos te han invitado alguna vez a la casa de algún francés, Puffi? Fui una estúpida en insistir que él me recogiera, ¿no? Pero no creés que... ¿si fue él quien me invitó?

Me habla todo el tiempo sin mirarme. Ese pellizco de perfil.

. . .

—Puffina. También está esto... Ay, prométeme que no se lo vas a contar a nadie, por favor, Puffina, promételo, decí que lo prometes. Promételo, por favor...

Finalmente giras el rostro y me miras, tus pálidos ojos inundados.

—Martita, no estás... —Mi voz se eleva, aguda y delgada—. ¿Estás?

Deslizas tus ojos plateados más allá de mí y suspiras.

—No tiene nada que ver con el chico francés. No es suyo.

Echas la cabeza hacia atrás, dejas escapar una risa hecha de cristal.

—Es *suyo* —dices, finalmente, sacudiendo la barbilla hacia la pista de baile.

—¿José Antonio?

—Peor. Carlitos.

Carlitos y Paola pasan por ahí arrastrando torpemente los pies, y Paola nos grita que los alcancemos.

—Ridículo, ¿verdad? —dices y te empiezas a reír de nuevo sin mirarme.

Una risa horrible que nunca he escuchado antes sale de ti, Martita, entre hipos, graciosísima. Hasta que caigo en cuenta de que no te estás riendo.

. . .

Entonces me toca a mí no mirar. Y es como si la música hubiera dejado de tocar, como si todo en el salón se hubiera detenido en ese momento porque no recuerdo la música, solo el sonido de los pies de los bailarines barriendo el piso, y todo dando vueltas y vueltas en un círculo adormecedor a contrarreloj.

Puffi, mi cara amica,

En París no hay sol y yo pálida como ostión. Algunos días creo que ritornerò a casa, pero Milano en febrero es famoso por la neblina. Estoy en la escuela de idiomas otra vez. ¿Recuerdas tu café? Conocí a un bel tipo de Rímini allí. Tal vez visito Rímini. Tienes mucho mar y sol en Niza. Mejor visito a te.

                                    Ciao ciao,
                                        Paola

Querida Puffina:

¿No tenés otros amigos en la foundation además de tu yugoslavo? ¿Mujeres tal vez? ¿Por qué decís que te da miedo estar en un cuarto lleno de poetas? Ahora sería buen momento de que alguien velara por vos. Estoy tratando de

adivinar qué edad tendrá tu poeta. ¿Te está pagando por traducir sus poemas al inglés? ¡Asegúrate de que te pague! Cuídate por favor. Pensás que todo el mundo es bueno como vos.

No he encontrado trabajo todavía. Para colmo, el salario de mi madre ha estado congelado desde antes de que saliera yo a París. Ella se queja de que todo cuesta más y más, pero cada vez que quiero salir y buscar trabajo, ella se preocupa de que me secuestren. Creo que es el cambio de vida lo que la vuelve loca. ¿Qué hago yo en este manicomio? Pues comer. Mi madre hace comida de verdad, en una cocina de verdad.

Y, ¿qué creés? Estoy aprendiendo a bailar tango con un vecino tan viejo como mi abuelo. Cuando él era joven, los hombres practicaban bailar entre ellos, así que sabe guiar y seguir, y me está enseñando a guiar. Yo debería tomar lecciones de cómo guiar todo en mi vida. Lo que más deseo ahora es llegar a ser autosuficiente.

Deséame suerte, amiga, y yo te desearé lo mismo.

Te abrazo,
Martita

Puffinísima,

Hace mucho no sé niente de ti. ¿Qué tal
Sarajevo? ¿Y tu boyfriend? ¿Adoran poetas
en su patria o son solo como músicos, unos
vagos? ¿Tiene trabajo bueno?

And as for me, mi vida es one big same.
Aburrida. Espero Marta no dijera a su mamma
de su problema en París. Mi tío no sabe que
pagó por la clínica. Probablemente cree que
la emergencia fue mía, but I don't care.

¿Te acuerdas del chico de Rímini? Me invita
a visitarlo y estoy pensando sí, por qué no,
sicuramente sí.

Encontré trabajo en guardería y yo era
excelente, excepto me corrieron porque estaba
fumando mientras cargaba a un bebé, que está
prohibido. Dije que no era certo, pero el
pelo del bebé olía a cigarro y ahora, mírame,
sin trabajo. Así que pienso estudiar para
ser maestra de niños. Cuando deje de fumar.
Ja, ja. No lo digo en broma. ¿Qué crees? Yo,
maestra de bambini. ¡Risas!

Baci,
Paola

Querida Puffina,

Pensé en vos y en Paola hoy mientras caminaba por la
Avenida Santa Fe. Recordé cuando caminaba con ustedes
dos por los Champs-Élysées y esto me hizo echarlas de
menos.

Por lo que contás en tu carta, sonás como el ama de casa de
Davor, no su huésped. ¿Viajaste hasta Sarajevo solo para
lavar tapetes turcos y romper nueces para un pastel con
un martillo? Pero las llamadas al rezo "desplegándose
como una bandera de seda negra" y los minaretes que
describís, pues me imagino un relato de _Las mil y una_
noches.

Estoy trabajando en una tienda de guantes. Es solo a
medio tiempo, pero es algo. Tengo que estirar los dedos
con una herramienta de metal que se ve como la letra
"A", luego espolvoreo talco en las palmas de los clientes
y después tiro de ellos para que les entren en las manos.
Son guantes italianos. Pienso en Paola cada vez que veo la
etiqueta.

No sé en qué anda la Paola. No he sabido nada de ella
excepto que su tío se enteró de Doménico. Ella escribió y
parece que le está yendo bien, pero no me importa decirte
que no me cae nada bien ese Doménico. Está casado, ¿te lo
mencionó a vos? Creo que ella manda postales para no
decir más.

No necesitás preocuparte de mí, Puffi. Estoy bien la
mayoría de los días. Un día pensás que es el fin del mundo,

y luego todos los sentimientos tristes y horribles que llevás
adentro simplemente pasan, como las nubes.

Te mando mi cariño,
Martita

Brava, Puffinísima,

Has hecho bien en terminar con ese bruto.
Nunca debes quedarte con alguien que te pega.
Estoy feliz de que estés home in Chicago sana
y salva. Mi vida, puro movimiento igual. Voy
a conseguir un apartamento en Milano que es
negozio de Doménico. Me promete trabajo en
el hotel de un socio. Solo es cuestión de
mudarme y el trabajo es mío seguro. ¿Qué voy
a hacer? ¿Algo es mejor que nada, certo?
No me escribas hasta que sepa mi dirección
nueva, te la mando pronto for sure.

Baci,
Paola

Querida Puffi:

¿Te acordás de cuando cantábamos "Gracias a la vida"
juntas para olvidar el frío? Me siento agradecida por mi
vida ahora. ¿Por qué? Estoy trabajando: ¡en París! Sí,

París. Es decir, la Pâtisserie Paris, cerca del Teatro Colón acá en Buenos Aires (espero haberte hecho reír).

Conseguí el laburo porque puedo pronunciar toda la repostería a la perfección. Saludo a los clientes en francés, aunque ellos no lo hablen, pero mi jefe está convencido de que eso atrae a la clientela. También trabajo en la caja registradora, limpio los mostradores y las vitrinas de cristal, armo cajas y ato las compras con un lazo que enrosco con las tijeras.

Llevo puesto un uniforme del color de un alfajor rosado y un delantal blanco de ojales y un pequeño merengue de sombrero. Mi sueldo no es la gran cosa pero, si me va bien, mi jefe dice que podría darme un ascenso. Por ahora, me contrataron para decir bonjour, merci, au revoir, y todos contentos. Sobre todo, yo.

Mille et une embrasse,
Martita

P.D. Adjunto una foto de nuestra pâtisserie y una servilleta festoneada. Très jolie, ¿no?

Puffina bonita,

¿Quién es este fidanzato tuyo? Dices que tu papá está de acuerdo, pero ¿y tú? As for me, mi vida es como la fábula del bote y el

río. Una vez que cruzas el río, no necesitas cargar el bote, certo? Así que ciao ciao, Doménico. Solo necesitaba a alguien que me pusiera en mi destino y ahora me va mejor que a la mayoría de los tontos que han escuchado a tontos. Me defiendo en tres lingue y estoy aprendiendo una cuarta. Encontré trabajo muy pronto en una agencia de viajes enfrente y eso me llevó a un hotel de turistas del rivale de Doménico, donde trabajo ahora. Incluso mi tío dice que soy corcho. Cuando otros se ahogan, yo floto.

Bye bye,
Paola

Mi Puffina:

Te felicito. Me encantaron las fotos. Lucís como una niña en su primera comunión. Todavía pienso en vos como en nuestra pequeña Puffina, no como una esposa que me escribe sobre su confusión al comprar en el almacén. Me reí cuando dijiste que habías comprado una bolsa enorme de azúcar como lo hace tu madre, pero no sabés qué hacer con tanta azúcar. Dejala sobre el mostrador hasta que tu madre te confiese qué hace con el azúcar.

Ahora es tu turno de felicitarme. Por fin me mudé del apartamento de mi madre. Estoy viviendo con dos amigas

que conozco desde que éramos pibas. María Belén y Susana son estudiantes universitarias. Su compañera de casa se regresó a Mendoza y necesitaban que alguien las ayudara con el alquiler cuanto antes.

Vivimos sobre un café en un edificio tan angosto como un libro. Duermo detrás de un armario en el comedor. Nunca he sido muy particular sobre dónde vivo, así que ¿qué importa si mi cama es un catre? Al menos estoy por mi cuenta otra vez, ¿no?

Es re lindo despertarse y oler el café de abajo, aunque ya no coma pan gracias a la Pâtisserie Paris.

Mi vida es más social con Belén y Susana. Son mucho más listas que yo, y no entiendo la mitad de lo que dicen, pero estoy mejorando. Hasta estoy leyendo poesía, ¿qué te parece?

Escribí más seguido. Tus cartas, aun cuando te quejes, me divierten un montón. Te llevo en mis pensamientos.

Siempre,
Marta

Puffi, poverina,

Debes sentir todo magníficamente. Tal vez te pasan demasiadas cosas como para escribir, y

lo entiendo. Es normal. No eres horrible. Y
qué, tú, una divorciada. ¡No es ningún drama!
Voy a prender vela a la Madonna per te. Y
otra para Marta también, why not?

                                   Baci,
                                   Paola

Querida Puffina:

*No sé si fui yo quien no contestó a tu carta o si fuiste vos
quien no contestó a la mía. Ya no importa.*

*Estaba arreglando la cómoda y en un cajón me encontré tus
cartas (espero que la dirección sea la misma). Entonces me
volvió todo, ese Año Nuevo en París y, más que eso, una
sensación, un sentimiento... No tengo buena memoria, pero
sí recuerdo las emociones.*

*¿Cuántos días nos conocimos? Ni siquiera sé. Pero sé que
te tomé mucho cariño, Puffina. Es lo que sentí de golpe
cuando encontré tus cartas.*

*Quiero que lo sepas. Es todo. Tengo una foto de nosotras
—vos y yo y Paola— tomada en el metro en una de esas
cabinas automáticas. ¿Recordás? Me alegra tenerla.*

*Tratar de decirte a vos todo lo que me ha pasado desde
entonces me es difícil...*

Estuve a punto de casarme, pero no pudo ser. Hace poco que rompí el compromiso y estoy un poco triste. Ya pasará.

En mayo regreso a Europa para evitar el invierno argentino. Estaré en Madrid. Acá está la dirección en caso de que todavía estés viajando:

Marta Quiroga Pascoe
A/A Irene Delgado Godoy
Villanueva y Gascón no. 2–3ª
28030 Madrid
España

No sé cuánto tiempo me quedaré ahí. Quizá vuelva pronto a Buenos Aires. Quizá no. Tengo que rearmar mi vida un poco, pues ahora es un quilombo. Si Dios quiere, tendré algunas noticias tuyas. No me olvides.

Te abrazo,
Marta

Estoy revolviendo el café con una cuchara, releyendo la última carta que me mandaste hace años. Hoy, sábado, a las 11:14 de la mañana, sentada a la mesa de la cocina pensando en ti, Martita, dondequiera que estés.

Debí haber contestado tu carta. Algunas cosas que me han pasado fueron maravillosas y algunas partes fueron buenas solo porque

ya pasaron. Cuando las cosas iban mal, seguía pensando que "algo mejor" estaba a la vuelta de la esquina, y para cuando tuve la energía de alzar la cabeza y dar un vistazo a mi vida, años y años habían pasado. Perdóname. No quería admitirme a mí misma que esto era todo lo que tenía que contarte, esta vida mía. En ese momento no parecía ser suficiente, no lo que yo esperaba, no lo que había pedido, no lo que quería compartir, ¿entiendes?

Estoy sola esta mañana en mi cocina, disfrutando de mi cafecito y hablando contigo en mi cabeza. Me imagino que te dispones a almorzar en Buenos Aires. Me imagino que Paola está en Roma llegando a casa del trabajo. Me imagino que cada una de ustedes está leyendo un libro, llevándose una copa a los labios, caminando por la calle, deteniéndose ante el arabesco de una entrada o haciendo una pausa en una panadería o remojando un pan en el café.

Estoy en Chicago, el lugar en el que dije que preferiría morir que vivir. Pero mírame, no me morí, ¿no? Vivo con mis dos niñas y su padre. Son buenas chicas, mis hijas. Paloma se parece a su papá, pero es más como yo era a su edad; una pajarita tramando volar muy lejos. Lupita nació el mismo día en que mi padre murió. La llamamos Guadalupe en su honor y, a veces, cuando me mira, juraría que mi padre nunca me dejó. Paloma y Pita. A veces, solo de verlas hacer algo bobo, bailar frente al televisor o cantar fuera de tono o desmoronar puñados de galletas saladas en la sopa, me toma completamente por sorpresa. *¿Cómo se volvieron tan maravillosas?*

Te caería bien mi Richard, creo. Lo amo, en verdad lo amo. Pero no estoy en*amo*rada. He sacrificado esa parte de mi vida. Él trabaja duro, es un buen hombre. Alguien en quien confiar, que es más que lo que se puede decir de aquel de quien sí estaba en*amo*rada. ¿Cómo

podría uno sobrevivir ese tipo de destrucción más de una vez? Como
cuando haces el amor con alguien, nunca es igual que con ninguna
otra persona, ¿no?

Richard y yo compramos un edificio de ladrillos de tres pisos y ahora
estamos ocupados arreglándolo. Esperamos poder pagar la hipoteca
con el alquiler de los otros dos apartamentos de abajo. Pero es mucho
trabajo, Martita. Y los dos estamos atados pagándolo por ahora. Y
llegar a casa del trabajo agotados y tener que trabajar también en los
apartamentos, y darle de comer a nuestras hijas.

Mi primer matrimonio fue con un muchacho tonto y grandulón.
Pensamos que no podríamos tener hijos. Según los doctores, no
había nada mal. Eran solo los nervios, dijeron. Si tan solo pudiera
relajarme. Pero, dime, ¿cómo puede una relajarse cuando tus padres
adoran a tu esposo más que tú? Y te sientes infeliz porque no puedes
y esperas a que se abra una pequeña rendija, que entre un poco de aire
y te haces la dormida cuando él trastabilla hasta la cama y te toca y tu
cuerpo se retrae. Y tú ya lo sabes, él ya lo sabe, tú lo sabes ya.

Unos cuantos meses después de que nos divorciamos, conocí a
alguien con quien quería acostarme y pensé, ¿por qué no? Merezco
que me abracen, ¿no? Lo más absurdo de todo, enamorarse tan completamente, finalmente estar enamorada y embarazarse así nada más.

Fue cuando comenzaron los sueños. Un tigre de Bengala me brincó
encima y me apisonó como si yo fuera un atado de pasto machucado.
Olía como la noche antes de que llueva, su peso aplastante. Podía
sentir su corazón pulsar a través de su piel. Cuando empezó a roncar,
supe que podía quedarme perfectamente quieta y vivir, o escaparme
y arriesgar despertarlo. Tuve este sueño una y otra vez.

· · ·

Como no podía tomar una decisión, mi cuerpo decidió por mí. Una parte de mí murió tras ese aborto espontáneo. Otra cuando él se fue. Tener a la persona a quien amas viva y sana, viviendo en el planeta al mismo tiempo que tú, pero eligiendo *no* estar contigo. Eso es peor que la muerte, creo yo.

En el trabajo, a veces llevo el almuerzo en una bolsa y me lo como en el parque de enfrente, en el jardín de esculturas del instituto de arte. Es bonito allí. Una fuente, algunas bancas de piedra, mucho verde. Tranquilo cuando hace buen tiempo y, lo mejor de todo, es gratis. Me estaba comiendo el sándwich cuando un gorrión revoloteó cerca de mi zapato, dio brinquitos bajo un arbusto y comenzó a disfrutar de un baño de polvo. Una pequeña pelusa de plumas revoloteando en una gran nube de tierra. *Es solo tu espíritu tan ancho como el cielo, como si mil gorriones abrieran las alas dentro de tu corazón.*

Sentí una arcada en el estómago y pensé que me iba a enfermar. Pero lo que salió de mí fue una serie de aullidos, como un animal atropellado por un carro. Un guardia de seguridad corrió hacia mí y me preguntó si me sentía bien. Le dije que tenía padecimientos femeninos, lo cual no era mentira.

Ya no digo que soy escritora, pero encuentro consuelo en los libros, en la lectura. Antes, se trataba de cómo me veían los demás. Ahora solo quiero verme bien ante mí misma. Eso es igual de importante, ¿no? Si no es que más.

Trabajo para la compañía de gas de la avenida Michigan, el trabajo que tenía en los veranos para pagar la universidad. Más vale que hagas algo práctico, me dijo mi padre. Porque yo estaba tan cansada

de ser pobre, tan asustada de serlo. Ir al trabajo con ropa que siempre te delata. Vivir aterrada del correo. Los problemas de dinero siempre mordiéndote los talones, aun cuando crees que los has aventajado. Pero te persiguen, ¿no? Toda mi vida tratando de ir un poco a la delantera. A mi padre le rompía el alma verme pobre. Me la rompía a mí que él me viera así.

¿Me gusta mi trabajo? No, no me gusta. Por supuesto que no. Me gusta comer pan tostado con mantequilla con el café. Me gusta leer libros. Es un trabajo que paga bien. Algo en qué confiar, como el hombre con quien vivo.

La gente me mira y solo ve a una mujer que trabaja en una oficina. *Y es como si tu cuerpo ya no fuera un ancla o una campana de hierro.* Es todo. Solo alguien que contesta el teléfono. Nadie me pregunta, ¿qué estás leyendo? *¿El libro de los abrazos* de Eduardo Galeano? *¿Maud Martha* de Gwendolyn Brooks? *¿La Flor de Lis* de Elena Poniatowska? ¿Las *Helénicas* de Jenofonte?

No. Me gusta sentarme bajo un árbol. Me gusta ir al lago y ver el agua y hacer de cuenta que es la Promenade des Anglais, y que ese edificio blanco detrás de mí, digamos que es el Hôtel Negresco. El lago Michigan cambiando de color cada temporada como una aguamarina que solía llevar en la mano izquierda, tercer dedo. Pero el lago queda muy lejos de donde vivo. Cuesta llegar hasta allá. Todo en este mundo cuesta. Marta, ¿sabías que te hacían pagar cinco francos para sentarte en una banca de la Promenade des Anglais?

Es un trayecto largo en autobús para llegar a la orilla del lago y luego una caminata por el parque, esperando que nadie me moleste. Y para cuando llego ahí estoy exhausta, pero allí está, chapaleando, chapa-

leando, chapaleando. Nada más que agua y más agua. La ciudad es hermosa si puedes ir a la orilla del lago todos los días. Hay que ser rico para hacer eso sin agotarte. Cualquier ciudad es hermosa si eres rico.

Me parece curioso cómo los ricos siempre tienen más luz y cielo y un pasto bonito. Como cuando apenas te las estás arreglando para sobrevivir, no hay tiempo para cuidar de esas pequeñas cosas que representan una felicidad tan grande, ¿no es cierto?

Yo y Richard juntamos nuestros ahorros y nos los gastamos en tabla roca y fórmica y azulejos y tablones de 2×4 para nuestro edificio. Le decimos "nuestro" aunque no lo hemos pagado. Alacena, apartamento, edificio de tres pisos. Si no nos gusta algo, no hay ningún casero con quien quejarse más que con nosotros mismos. Ambos con el cabello tieso de polvo y los dedos manchados de naranja del barniz. Nos lo tomamos en serio. Hasta que alzamos la cabeza y nos damos un buen vistazo. Entonces solo nos reímos.

Richard dice:

—Corina, ¿por qué no la dejas en paz? La alacena estaba bien como estaba, del color de la Coca-Cola.

Pero yo digo que es del color de las cucarachas. Tengo una puerta del armario pelada y limpia como una almendra. Es un trabajo lento, pero no me doy por vencida, tal vez porque Richard cree que lo haré. Tampoco me vuelvo loca. Solo sigo, dale que dale, raspando un poquito todos los días después del trabajo cuando no me siento demasiado cansada, y todos los sábados sin falta. Bueno, no queda mucho tiempo para ir al lago.

• • •

Nuestro edificio está junto a la autopista, por eso lo conseguimos tan barato. Al principio no puedes dormir con todo ese ruido que pasa zumbando, pero después de un rato te acostumbras. A veces hago de cuenta que ese zumbido es el sonido que hace una concha, el sonido del mar cuando toma aliento y luego lo deja salir. Uno se puede acostumbrar a cualquier cosa, supongo.

A veces pienso en ti en momentos curiosos, Marta. Como cuando le enseño a la más pequeña a cepillarse el pelo o me pinto las uñas de los pies en el porche de atrás, y les pinto las uñas de los pies también a mis niñas. Supongo que debe ser así para ti también. Que debe ser cuando ambas pensamos la una en la otra, un tira y afloja como la marea.

Perderme en un libro, Martita. *En 88 a. C Mitríades, el rey del Ponto Euxino, estaba en guerra con Roma.* Qué bonito, ¿verdad? ¿Sabías que al mar Negro lo llamaban el Euxino en aquel entonces?

Vivir en un libro por un rato. Un cuento. Un poema. Me pregunto cómo un poema puede decir tanto tan hermosamente. Antes me entristecía ser testigo de tanta belleza sola, porque Richard está demasiado cansado como para notar ese tipo de cosas. Pero me he acostumbrado a disfrutar de las cosas a solas.

Esta mañana, releyendo tus cartas y tomando el café en la cocina, sentada bajo ese recuadro de luz del sol que se filtra por la cortina de encaje formando un diseño agraciado, solo estar sentada allí, mirando las paredes, sin pensar en nada en particular. Solo poder estar allí sentada, una sensación calentita y agradable en este recuadro lindo de luz, y no tener que ir al trabajo hoy, y sin que nadie me llame, y

la casa al fin callada, mi Richard y nuestras preciosas hijas cómodas y seguras en la biblioteca. Y, a lo lejos, el sonido de la autopista que pasa zumbando como el mar y darte cuenta de repente... la felicidad.

A veces, cuando miro los árboles en el invierno, como sus ramas desnudas emiten una luz violeta. O el aroma de una baguette. O el diseño marroquí de una perilla antigua. O como una ventana se abre hacia afuera en lugar de hacia arriba. Me recuerdan esos días en que viví a tu lado, Martita. Aunque no se lo digo a nadie, lo pienso. Sin arrepentirme. Ya no nos escribimos, pero aún pienso en ti, Marta. Un recuerdo, un *souvenir*, una añoranza. Martita, te recuerdo.

No me olvides.

Te abrazo.

Tu Puffina

AGRADECIMIENTOS

Mi Martita se basa en todas las mujeres que me rescataron durante mis años como nube y a partir de entonces, tal como Corina son todas esas mujeres cuyas vidas han afectado la mía. No sé por qué algunas vidas resuenan tan inefablemente en mí que me obligan a sentarme y contemplar las motas de polvo. Cada una es una nota que rezumba más allá del rango del oído humano, pero cuya reverberación enriquece mi ser.

Me puedo cortar el pelo yo sola, pero dependo de mi familia de Macondo para ayudarme con la parte trasera. Gracias a Ruth Behar, Macarena Hernández, Reggie Scott Young y especialmente a Liliana Valenzuela. Lili, es alegría pura ver el título devuelto a su encarnación original y escuchar a Martita hablar como ella lo hace en mi imaginación.

En San Miguel de Allende, *thank you* a Charlie Hall por el generoso don del tiempo durante una época austera. Toda la plata de Taxco a la esterlina María Belén Nilson Nazar por pulir con su paño de joyería las voces porteñas.

De nuevo y siempre, debo agradecer a mi hermana Jasna Karaula Krasni en Sarajevo por la inspiración y, sobre todo, el cariño.

Por ocuparse de los detalles de la vida para que yo pudiera seguir

escribiendo, quedo en deuda con Yvette Marie de Chávez, Ernesto Hilario Espinoza y Eunice Misraim Chávez Muñoz.

Agradezco a los profesionales del equipo de Vintage Books que laboraron para producir este libro. Mi editora LuAnn Walther y su equipo de Vintage: Ellie Pritchett, Zuleima Ugalde, Perry De La Vega, Kayla Overbey, Indira Pupo, Nicholas Alguire, Laura Martínez Espinel, Hayley Jozwiak, James Meader, Alex Dos Santos y Annie Locke. Gracias al equipo de Penguin Random House Audio, al productor ejecutivo Aaron Blank y a su asistente Denise Lee, y al ingeniero de estudio Gabriel Heiser del Estudio San Miguel, así como a los actores que colaboraron en la grabación de audio.

Cristóbal Pera, de espíritu noble y generoso, brindó su atención editorial a mi Martita en español más allá del deber. Cristóbal, es mi buena fortuna haberte conocido.

Hay espíritus guías en mi mundo conocidos como duendes, magos, naguales, brujos, *aluxes*, chaneques y agentes literarios. Tengo la suerte de tener a dos: Susan Bergholz y Stuart Bernstein. Stuart, estamos en marcha en nuestro mágico camino. Adelante con ganas. Susan, cambiaste el mundo editorial a través de la obra de tu vida, pero yo soy la más afortunada gracias a este empeño. Mil y una gracias.

El talentoso educador Jerry Weston Mathis viajó desde el otro lado a través de un sueño para sugerir que *Martita* se represente como una obra de teatro. Por esta sugerencia y por reconocer mis dotes en el período inicial de mi carrera mucho antes que yo, tienes mi gratitud.

Quizá nadie creyó tan tenazmente en esta historia como Dennis

Mathis, incluso cuando esta estuvo estacionada en la entrada de carros montada sobre bloques de concreto durante años. Gracias, Dennis, por el puente eléctrico. Eres el mejor mecánico de historias que conozco y mi querido amigo.

Finalmente, debo agradecer a mi editora de muchos años, Robin Desser. Tengo posiblemente tantas páginas de notas editoriales tuyas como tengo páginas de esta historia. Gracias por tu cariño y tu labor en beneficio de Martita. Por sobre todas las cosas, te agradezco tu fe constante en mí. Espero con ansias nuestra próxima aventura literaria. Hasta entonces, celebremos.

A mis antepasados, a la luna llena, a la luz que siempre me vigila, gracias.